S'AFFIRMER AU TRAVAIL

50 pages de conseils pratiques
pour celles qui veulent prendre leur place

Manon Gayet
@pawa_coaching

MANGO Society

SOMMAIRE

INTRODUCTION

« Exister, c'est oser se jeter dans le monde. »

Simone de Beauvoir

J'ai toujours cru que je saurais m'affirmer en toutes circonstances. Plus jeune, je me suis imaginée archéologue, femme politique ou photographe de guerre. Je me suis inventé une vie parallèle où j'étais à la fois enquêtrice, journaliste, écrivaine. Dans ma vie professionnelle, je m'imaginais audacieuse, courageuse, inspirante. J'étais persuadée que j'exprimerais toujours mes convictions, que j'affirmerais mon caractère. Sur le papier, ça semblait simple. Je ne me posais aucune question. Je n'avais pas mesuré le travail d'introspection que j'allais devoir mener pour parvenir à prendre ma place.

Car s'affirmer en tant que personne éduquée comme femme et mieux communiquer ses besoins et ses intérêts à autrui se travaille : loin d'être innés, ces comportements ne sont pas franchement enseignés à l'école. On nous inculque les valeurs d'une personne discrète, serviable et attentive plutôt que celles d'une personne meneuse et ambitieuse. Un travail sur soi-même peut aider à changer la donne.

Depuis quelque temps, la mode semble être au coaching et à la reconversion ou au changement de carrière. *Faire son introspection, rechercher du sens, donner un sens à sa vie*... On entend tellement ces expressions qu'elles en deviennent presque banales. Pourtant, elles sont au cœur des préoccupations. Déjà avant la crise sanitaire, les portraits de cadres trentenaires abandonnant les tours de la Défense pour partir élever des chèvres dans le Larzac ou donner des cours de yoga sur les plages du Pays basque fleurissaient dans les journaux. Ces personnes ne cherchaient pas *plus* : pas une plus grosse maison, pas une voiture supplémentaire, pas un plus gros salaire. Elles cherchaient *mieux* : du mieux-être, une meilleure qualité de vie, une harmonie entre le travail et la vie personnelle.

Aujourd'hui, j'ai l'impression que le phénomène de mode s'est transformé en une tendance de fond. En tant que personnes éduquées comme femmes, nous nous cherchons pour mieux nous affirmer, arrêter de nous laisser marcher sur les pieds, prendre notre juste place et atteindre cet épanouissement auquel nous aspirons. Or, affirmer son identité, défendre ses convictions ou respecter ses valeurs peut s'avérer hautement périlleux. Et encore plus, parfois, dans le monde du travail.

J'ai donc conçu ce livre comme une quête à la *Star Wars*, où Rey franchit une succession d'étapes dont elle sort grandie, mais surtout avec une meilleure connaissance d'elle-même. Vous trouverez dans ces pages des outils à mobiliser dès que vous en ressentirez le besoin pour, j'ose l'espérer, adoucir le chemin. Car vous affirmer au travail, c'est vous donner une chance de vous exprimer et de rayonner dans toutes les sphères de votre vie. Faites-vous ce cadeau.

Bienvenue, jeune padawan !

1 Faire CONNAISSANCE avec SOI-MÊME

« La connaissance de soi est le commencement de la sagesse. »

Nicolas Prévost de Traversay

La mode est à la connaissance de soi. Et c'est tant mieux ! L'expérience du confinement nous a poussé·es, contraint·es même, à l'introspection de manière parfois violente. Durant cette période, vous vous êtes peut-être posé beaucoup de questions sur vous-même, vos objectifs, votre vie. Qui suis-je ? Dans quel but suis-je ? Que veux-je vraiment ? Que dois-je faire pour être moi, pleinement, inconditionnellement ? Loin d'être des questions métaphysiques semblant tout droit sorties d'un essai de Jean d'Ormesson, elles marquent le point de départ de votre aventure humaine et professionnelle, peut-être même de votre nouvelle vie. Et bonne nouvelle : cette quête d'affirmation de vous-même, vous ne la mènerez pas en solitaire.

Il y a bien les bilans de compétences et autres tests MBTI qui servent à mieux cerner notre personnalité et nos compétences. Ce sont des outils que j'utilise moi-même en tant que coach, mais ils ne sont, à mon sens, pas suffisants pour se connaître en tant que personne qui, au-delà d'une activité rémunérée, cherche de plus en plus le sens de ses actions dans le monde professionnel. Couplés à des outils de coaching ou de développement personnel, ils deviennent en revanche très puissants.

Le contexte professionnel peut être perçu comme hostile ou, au contraire, comme une aventure. Un lieu dans lequel on souffre ou dans lequel on s'épanouit. Tout dépend du point de vue, des croyances et des blocages qui nous sont propres. Pour devenir votre meilleur·e partenaire et enfin prendre votre juste place au travail, il n'y a qu'une seule voie possible : vous devrez en effet effectuer un long voyage pour mieux comprendre qui vous êtes, ce qui est important pour vous et ce que vous souhaitez apporter aux autres.

SE POSER LES QUESTIONS QUI FÂCHENT

Lorsque j'ai entamé mon introspection en 2018, je sortais fraîchement de mes études de journalisme. J'avais signé un CDI dans une rédaction parisienne six mois plus tôt et je travaillais avec une équipe que j'adorais. Ce premier job m'a permis de voyager aux quatre coins du monde, et clairement, sans lui, je n'en serais pas là aujourd'hui. Je me sentais pourtant un peu perdue et je suis passée par de nombreuses étapes pour éclaircir mes idées et mieux cerner mon identité, ce que je souhaitais incarner et les choix que j'allais devoir faire en conséquence.

L'une des étapes qui m'a le plus marquée, je l'appelle celle des questions qui fâchent. Vous savez, ces questions que l'on ne se pose pas ou que l'on pousse sous le tapis dès qu'elles pointent le bout de leur nez. Non, vous ne voyez pas de quoi je parle ? Voici quelques exemples, et on ne va pas se mentir, elles font peur :

Pourquoi ai-je du mal à m'affirmer ?
Pourquoi ai-je peur de certaines personnes ?
Quel est mon rapport à l'autorité ?
Quelles sont mes valeurs ?

L'identification des valeurs est pour moi une phase incontournable et c'est la première à explorer dans la découverte de son soi professionnel. L'impression de manquer de confiance en soi, de ne pas être à sa juste place ou de ne pas savoir s'affirmer et s'estimer dans son travail peut venir d'une valeur mal alimentée. Cette valeur, que nos actions ne nous permettent pas d'honorer, peut créer des manques, des doutes... Il est donc important de l'identifier. Je vous propose un exercice pour définir vos valeurs en page 49, mais avant toute chose, voici la définition de la *valeur* telle que je l'entends...

Une valeur est un de vos piliers. C'est un moteur pour vous, un concept sur lequel vous vous élevez. Vous cherchez à transmettre vos valeurs, à les faire rayonner autour de vous. Elles vous animent et vous guident au quotidien. Pour conserver l'équilibre entre les différentes sphères de votre vie, il est essentiel d'y être fidèle.

IDENTIFIER SES SCHÉMAS RÉCURRENTS

Une coachée m'a un jour écrit cette phrase : « Je dirais qu'on se découvre au fur et à mesure des épreuves qu'on traverse. » J'ajouterais : « et des décisions qu'on prend ». Bien sûr, loin de moi l'idée de vous dire de vous jeter dans des expériences inconfortables, voire douloureuses. Mais votre mode de décision est souvent révélateur de votre fonctionnement dans un environnement professionnel, et plus largement, de votre appréhension du monde.

En résumé, les quatre ou cinq décisions les plus significatives de votre carrière et de votre vie en disent plus long sur vous que vous ne le pensez. Elles vous indiquent le schéma que vous suivez pour faire un choix, que ce soit pour un métier, un poste, une action ou une inaction, une réaction ou une absence de réaction.

1

Je vous invite à réfléchir aux moments charnières de votre carrière, comme votre orientation scolaire ou l'obtention d'un poste. Pourquoi sont-ils importants pour vous ? Sur quels critères avez-vous pris ces décisions ? Quelles valeurs ont été vos guides ? Ou, au contraire, quelles sont celles que vous avez laissées de côté ?

2

Concentrez-vous maintenant sur les décisions professionnelles qui vous ont apporté une pleine satisfaction. Sur quels critères les avez-vous prises ? Résumez votre pensée en une phrase. Par exemple : « Les décisions qui me procurent du bonheur au niveau professionnel sont celles qui me permettent d'être libre/d'avoir les moyens de voyager/d'avoir du temps pour ma vie de famille… ».

3

Vous obtenez alors votre mantra spécial décisions, pour vous aider à prendre la plus juste pour vous et vos besoins !

S'APPUYER SUR SES POINTS FORTS

Une meilleure connaissance de vous-même passera aussi par l'identification de vos talents. Car, contrairement à ce que vous pensez peut-être, vous avez des talents. Beaucoup même. Donc prenez le temps d'identifier vos champs de compétences. Il ne s'agit pas seulement de ce qui est inscrit sur votre CV, loin de là ! Dans quels domaines êtes-vous à l'aise ? Dans lesquels prenez-vous du plaisir ? Plus encore, pour quelles raisons vos collègues, vos proches vous sollicitent-ils ? Ne soyez pas timide : écrivez tout ce qui vous vient.

Si cela vous est un peu difficile, je vous recommande de vous lancer le défi suivant : prenez une feuille blanche et fixez-vous l'objectif de ne pas quitter votre chaise avant d'y avoir écrit 30 talents. Vous pouvez commencer à compléter votre liste à partir de votre CV. Au lieu de le présenter de manière chronologique, vous allez séquencer votre vie professionnelle en fonction de vos compétences. Un·e chef·fe de projet en informatique, par exemple, aura une rubrique « Gestion de projet » dans laquelle seront décrites toutes les compétences acquises dans ce domaine. N'oubliez pas de prendre en compte vos talents dans les autres sphères de votre vie. C'est parti pour faire chauffer vos méninges !

Vous avez maintenant votre équipement pour continuer votre quête ! Vous pouvez approfondir cette prise de conscience de vos points forts page 77.

LES TRAVAUX PRATIQUES

Le mot *valeur* est utilisé à tout va. Pas facile donc de savoir comment identifier les siennes précisément. En séance de coaching, j'ai l'habitude de proposer l'exercice de la roue des valeurs car c'est en nommant ses valeurs qu'on peut identifier celles qu'on a oublié d'alimenter, notamment sur le plan professionnel. Rendez-vous page 49 pour compléter la vôtre.

2 Être AU CLAIR sur ses BESOINS

Vous savez désormais ce qui vous anime au quotidien et ce que vous cherchez à diffuser autour de vous. En route pour la deuxième étape de votre aventure : vos besoins !

> **« Qui mieux que vous sait vos besoins ? Apprendre à se connaître est le premier des soins. »**
>
> Jean de La Fontaine

UN BESOIN, QUÈSACO ?

Avant tout, accordons nos violons en matière de définition. En coaching, un besoin correspond à une nécessité, un manque à l'intérieur de vous, que vous comblez avec un élément extérieur. Satisfaire ce besoin nécessitera donc d'interagir avec votre environnement – ici, votre vie professionnelle.

Le besoin n'est pas une simple envie ou un désir. Ces derniers appartiennent aux pulsions passagères, comme lorsque, tout à coup, vous avez l'impression d'avoir absolument besoin d'un carré de chocolat ou du dernier vêtement à la mode. À moins que la faim ne vous tenaille l'estomac ou que tous vos habits aient brûlé, il y a peu de chances que vous en ayez vraiment besoin. Vous en avez envie. Très envie. Mais vous n'en avez pas réellement besoin. Vous saisissez la différence ?
Amusez-vous – oui, cela peut être un jeu – à distinguer vos besoins de vos envies. Cela peut être précieux dans tous les domaines de votre vie ! Réfléchir à deux fois avant un achat constitue d'ailleurs un exercice de coaching financier pour mieux maîtriser son budget.

DÉCONSTRUIRE LES SCHÉMAS HÉRITÉS

De quoi avez-vous donc besoin pour vous épanouir et vous affirmer pleinement dans votre environnement professionnel ? Est-ce d'un poste avec davantage de responsabilités ou d'autonomie ? D'évoluer au sein d'une équipe dans laquelle vous avez le sentiment d'avoir votre place ? D'un emploi dont les missions ont un sens à vos yeux ou défendent une cause ? La question est simple sur le papier, mais il n'est pas si aisé d'y répondre.

Je vous invite à prendre le temps de réfléchir à cette question. Vos propres besoins en matière d'épanouissement professionnel sont souvent emmêlés avec les injonctions de la société, les attentes de votre famille, les rêves de vos proches...
Peut-être avez-vous déjà entendu des remarques comme : « La mécanique ? Ce n'est pas pour les filles. Fais plutôt fleuriste ! » « La pâtisserie ? Choisis plutôt un *vrai* métier, voyons » « Tu ne pourras pas

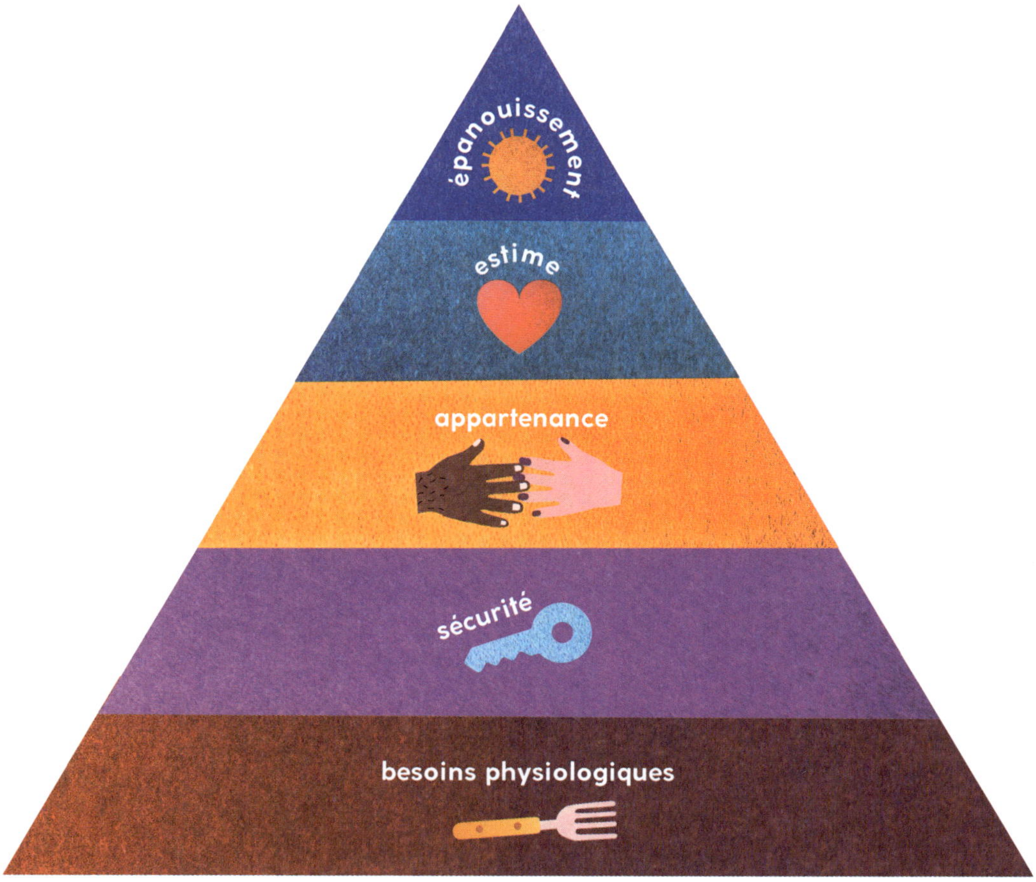

vivre de l'écriture, regarde tous les écrivains qui existent… » Ou encore : « Tu vas vraiment renoncer à ton CDI pour monter ta boîte ? Ce n'est pas trop dangereux ? »

Jusqu'où les avis de vos parents, du corps enseignant, de vos ami·es ont-ils conditionné vos choix de vie ? Avez-vous toujours écouté vos propres besoins, même si les satisfaire allait à l'encontre de ce qu'attendaient les autres ? Entre les peurs des un·es, les besoins des autres, vous vous retrouvez peut-être au milieu d'un joyeux méli-mélo duquel il s'agit de vous extraire pour laisser votre voix intérieure s'exprimer et pour vous concentrer sur vos ressentis. Faites-vous confiance !
Dans un environnement tranquille et rassurant, posez-vous et réfléchissez à ce qui vous manque aujourd'hui pour vous affirmer et vous épanouir pleinement sur le plan professionnel. Est-ce un poste mieux rémunéré ? Un emploi plus stable ? Travailler en solo ou à plusieurs ? La reconnaissance de vos compétences et de vos résultats ? Cette liste n'est bien évidemment pas exhaustive. À vous de creuser pour comprendre vos réelles attentes !

CONSTRUIRE UN ÉTAGE APRÈS L'AUTRE

Avant de voir comment passer à l'action dans le prochain chapitre, attardons-nous sur une image que vous connaissez peut-être : la pyramide des besoins. Dès les années 1950, le sociologue et psychologue du travail états-unien Abraham Maslow a centré ses recherches sur les motivations des êtres humains et les fondements de la santé psychique. Oui, on peut dire qu'il était en avance sur son temps et qu'il avait anticipé nos questionnements d'aujourd'hui ! La pyramide ci-dessus synthétise sa théorie de la motivation, qui est mondialement (re)connue.

Vous l'avez compris en examinant cette pyramide, les besoins relatifs à votre travail se trouvent généralement entre le deuxième et le cinquième niveau, en fonction de ce que vous cherchez à combler. La sécurité de l'emploi se situe au deuxième étage de la pyramide, tandis que le besoin de reconnaissance de vos compétences et de votre valeur professionnelle se situe plutôt au quatrième.

Pour ériger votre pyramide des besoins, vous avez besoin de fondations solides : pouvoir manger, boire et dormir suffisamment. Vous avez ensuite besoin d'assurer votre sécurité. Votre travail y contribue grâce à un apport financier, et votre maison, avec ses portes et ses fenêtres bien fermées, participe à votre sécurité physique. Au troisième étage de votre pyramide, se trouve votre besoin d'appartenance à un groupe (votre entreprise, vos collègues, une communauté de freelances...). Vient ensuite le niveau qui accueille votre besoin d'estime, c'est-à-dire de reconnaissance de votre personne, de vos talents, de votre statut ou encore de votre expertise. Et sur le *rooftop* se trouve votre besoin d'épanouissement, dont votre épanouissement professionnel. C'est l'étage de vos besoins en matière d'alignement et de développement, celui où vous vous interrogez, par exemple, sur le but ultime de votre carrière.

Votre équilibrage personnel et professionnel requiert de vous assurer que les besoins du niveau précédent sont satisfaits à un niveau suffisant avant de vous attaquer à la mise en œuvre des actions pour combler les suivants. Bien sûr, vous n'êtes pas comme un immeuble qui a absolument besoin de fondations terminées avant d'avoir un rez-de-chaussée, et vos besoins fluctuent en permanence entre les différents étages de la pyramide.

CHOUCHOUTER SES BESOINS

Une chose est sûre, un besoin nié ou non assouvi risque de provoquer un désalignement et une perte de sens de vos actions. Il est essentiel de s'écouter et de s'accorder du temps, cela a aussi un rôle à jouer sur la confiance en soi. Je vous propose ici d'explorer deux méthodes pour combler vos besoins – aussi bien dans le cadre professionnel que dans votre vie privée. À vous de jouer !

En coaching, l'accompagnement d'une personne vers la satisfaction de ses besoins se décompose en deux étapes : la prise de conscience et la mise en place d'actions adaptées.

Le *vision board* : muscler son *mindset*

Le *vision board* peut vous aider indirectement à satisfaire vos besoins. Il s'agit d'un processus qui portera ses fruits à moyen ou long terme. La visualisation consiste à utiliser une ou plusieurs techniques (dessin, écriture, collage...) pour exprimer vos besoins professionnels.

1

Prenez le temps d'identifier vos besoins actuels non (ou mal) satisfaits. Qu'est-ce qui manque à votre carrière pour que vous vous épanouissiez pleinement ?

2

Déterminez ensuite l'origine de chaque besoin identifié. Comment se fait-il que ces besoins n'aient pas encore été comblés ? Pourquoi sont-ils importants ?

3

Réfléchissez maintenant à la façon dont vous avez réagi. Quelles ressources ou stratégies avez-vous développées pour contourner les obstacles ou en tirer un apprentissage ?

4

C'est le moment de passer à l'action ! Identifiez des microactions spécifiques à mettre en place pour chaque besoin.

Réfléchissez d'abord à ce qui vous motive et vous anime au quotidien (vous pouvez vous aider du chapitre consacré à vos valeurs). L'idée est de vous appuyer sur la visualisation et de mobiliser vos sens : associez-vous une odeur à votre réussite professionnelle ? Quelles en sont les couleurs ? Les images ? Quelles paroles ou personnes vous inspirent ? La méditation, quelles que soient sa forme et sa durée, peut également vous aider à visualiser la forme que prendra votre idéal professionnel et à comprendre quels besoins seront à satisfaire pour y parvenir.

Une fois tout cela bien en tête, découpez des images qui vous inspirent professionnellement, choisissez des couleurs qui représentent pour vous le succès, écrivez vos citations préférées... Assemblez le tout sur un panneau en liège, un carton ou des feuilles. Vous obtiendrez alors votre *vision board*, que vous placerez à un endroit où vous pourrez le voir tous les jours. Retrouvez-en un vierge page 53.

EXEMPLE

1) Identification du besoin : manque de reconnaissance de la part de votre manager.

2) Origine : votre manager est la personne chargée de vous évaluer, de vous faire grandir dans votre entreprise et de vous accorder votre prime de fin d'année. Son emploi du temps peut être chargé, tout comme le vôtre, et le bon moment pour parler ne s'est pas présenté. Il est pourtant essentiel pour vous que sa reconnaissance de votre professionnalisme soit exprimée de vive voix.

3) Ressources/apprentissages : vous avez rencontré votre N+2 et commencé à faire votre propre promotion en interne. Vous avez donc développé votre communication au sein de l'entreprise.

4) Actions : vous décidez de solliciter votre manager pour un point en tête-à-tête et vous préparez vos arguments pour lui présenter la situation. Vous vous êtes fixé une *deadline* à la fin du mois.

LES TRAVAUX PRATIQUES

Comme tout être humain, vous allez évoluer au fil des années. Vos besoins à 20 ans ne sont pas nécessairement les mêmes qu'à 40, cela va sans dire. Vous pouvez inscrire vos besoins dans la pyramide de Maslow page 51 pour mieux les situer. Pour suivre votre évolution et ajuster vos actions, faites le point régulièrement. Tous les 3 à 6 mois, reprenez aussi votre *vision board* (page 53), prenez le temps de noter ce que vous avez accompli et lancez-vous des défis professionnels. Votre aventure ne fait que commencer !

3 Définir des objectifs EN BÉTON

« Celui qui n'a pas d'objectifs ne risque pas de les atteindre. »

Sun Tzu

Vous voici à la troisième étape de votre quête, bravo ! Vous avez désormais fait connaissance avec vous-même et appréhendé vos besoins. Vous êtes une chouette personne qui mérite de s'affirmer et de s'épanouir au travail, non ? Alors, poursuivons.

DÉFINIR SES CRITÈRES DE RÉUSSITE

Vous vous trouvez à présent à la croisée des chemins avec tout un tas de questions. Par où commencer ? Quel(s) chemin(s) emprunter ? Rassurez-vous, tout va bien se passer ! Inspirez, expirez… Encore une fois… Voilà !

Au calme, répondez aux questions suivantes :
Qu'est-ce que la réussite pour vous ?
Comment se matérialise-t-elle ?
Quels sentiments associez-vous au succès ?

Relisez vos exercices précédents et prenez le temps d'identifier vos marqueurs de réussite. Comprendre ce qu'est la réussite professionnelle pour vous, personnellement, c'est le premier pas vers le succès.

Ces questions ont l'air anodines, et pourtant les réponses à ces interrogations sont souvent révélatrices de schémas qui ne sont pas les vôtres : avoir une grande maison, une belle voiture, des vêtements de marque… La réussite peut se manifester dans votre capacité à acheter des biens matériels plus chers, mais pas uniquement. C'est vous qui définissez ce qui vous fait vous sentir bien et en phase avec vos valeurs et vos besoins ! Votre réussite, vos règles du jeu.

En 2021, par exemple, j'ai coaché une jeune entrepreneuse trentenaire, passionnée de voyages. Pour elle, réussite professionnelle rimait avec liberté. C'est ainsi qu'elle a choisi d'adapter au mieux ses activités pour être flexible et libre de se déplacer. Elle a pu vivre plusieurs mois au Portugal en véritable nomade numérique.

PRÉVOIR SES ESCALES

Vous avez entrepris votre voyage vers votre affirmation professionnelle. Vous avez la direction en tête : la planète Réussite-à-ma-façon. Vous avez la route : la voie

Critères-besoins-valeurs. Le prochain objectif ? Fixer des échéances précises pour atteindre les différentes escales qui jalonneront votre traversée. Votre plan d'action doit donc comporter des étapes précises, définies dans le temps, qui à la fois vous sortent de votre zone de confort et respectent votre rythme.

L'une de mes coachées était en quête d'une augmentation de salaire depuis longtemps. Nous avons travaillé ensemble plusieurs mois pour qu'elle atteigne cet objectif. La première remarque que je lui ai faite a été la suivante : l'objectif « obtenir une augmentation de salaire » n'était pas assez précis. De combien devait être cette revalorisation ? À quelle échéance ? À qui devait-elle en référer ? Quelles étaient ses autres solutions ?

Se fixer des *deadlines* et des objectifs quantifiables et chiffrés est la première étape vers leur réalisation ! Un ensemble d'étapes vous amènera à un premier but et vos buts à votre objectif final. Vous obtiendrez ainsi un rétroplanning que vous n'aurez plus qu'à suivre jusqu'à la date de réalisation souhaitée. Une façon de rendre le chemin moins ardu en se donnant des objectifs intermédiaires.

Reprenons l'exemple de cette personne. Admettons que le plan d'action démarre au 1er août – toujours avoir une date de début pour déterminer votre première échéance ! Elle souhaite obtenir son augmentation au 31 décembre. Son rétroplanning pourrait être le suivant :

Étape n° 1 : définir le pourcentage de l'augmentation souhaitée et sa marge de négociation avant le 31 août.

Étape n° 2 : préparer ses arguments (ses bons résultats de l'année, par exemple) avant le 30 septembre.

Étape n° 3 : organiser une première réunion avec son manager avant le 15 octobre.

Étape n° 4 : faire un retour ou une contre-proposition à son manager avant le 31 octobre.

Étape n° 5 : organiser une deuxième réunion avec son manager avant le 15 novembre.

Étape n° 6 : échanger avec le service RH avant le 30 novembre.

Étape n° 7 : signer l'avenant au contrat avalisant l'augmentation avant le 15 décembre.

Étape n° 8 : fêter son augmentation au 31 décembre.

Le planning est bien évidemment fictif et devra être adapté à votre activité et à votre entreprise. Mais vous avez l'idée. C'est à vous de jouer !

LES TRAVAUX PRATIQUES

Rendez-vous page 55 pour définir un objectif répondant à 9 critères incontournables. Et page 57, trouvez des pistes pour faire le point avec vous-même sur vos réussites et vos accomplissements.

4 Exprimer ses BESOINS face aux autres

« Les vrais besoins n'ont jamais d'excès. »

Jean-Jacques Rousseau

S'affirmer au travail, c'est d'abord un cheminement intérieur, quelque chose que l'on travaille dans son intériorité avant de communiquer ses conclusions à l'extérieur. Félicitez-vous pour les réflexions menées jusqu'à présent. Elles sont précieuses. Vous arrivez maintenant à un moment clé qui va vous permettre d'avancer vers l'alignement et l'épanouissement : celui où vous allez communiquer avec l'extérieur pour obtenir ce que vous voulez.

Non, ne fuyez pas à la lecture de ces mots ! J'ai conscience que parler aux autres de vos besoins peut être difficile, voire mission impossible pour vous aujourd'hui ! Se livrer à l'autre, notamment dans un contexte professionnel, implique une certaine vulnérabilité, ce qui est inconfortable. Cette situation nous renvoie à nos croyances et aux injonctions que l'on a assimilées : en effet, il a été enseigné aux personnes éduquées comme femmes à ne pas demander, à faire passer les autres avant elles-mêmes, à ne pas être ambitieuses… Mais, vous le savez maintenant, votre besoin signifie qu'il vous manque quelque chose et que vous devez vous tourner vers l'extérieur pour vous aider à le combler. Le but de ce chapitre est de vous accompagner pour exprimer ces besoins et objectifs face aux personnes qui peuvent vous aider à combler les premiers et à atteindre les seconds. Car rien de mieux qu'une communication efficace sur ce dont on a besoin pour l'obtenir.

FAIRE LA CHASSE AUX NON-DITS

Formulé ainsi, cela frise l'ineptie. Mais en y regardant de plus près, vos frustrations viennent probablement de besoins non assouvis… et non formulés. Ils sont restés coincés entre votre tête et votre gorge. Rien n'est sorti. Cela peut être l'augmentation que vous n'avez pas réussi à demander lors de votre dernier entretien annuel, une mutation vers la région de vos rêves que vous n'avez pas évoquée, le comportement inapproprié d'un·e collègue que vous n'avez pas osé signaler à votre hiérarchie, des propos ou des pratiques discriminatoires que vous n'avez pas dénoncés.

Avec le recul, je me rends compte que, parce que j'ai été éduquée comme femme, je n'ai pas réussi à exprimer mes besoins dans mes anciens emplois salariés. Je trouvais ça difficile, déplacé ou inapproprié. J'ai gardé sous silence des choses qui m'ont choquée ou affectée. Quand j'osais ouvrir la bouche, les mots ne sortaient pas forcément de la bonne façon ou je n'énonçais pas mon propos tel que je le pensais. Alors j'ai fini par rester à ma place, celle de la fille sage qui fait son boulot. Cela nous entraîne dans un cercle vicieux de moindre valorisation, où les personnes éduquées comme hommes se permettent des remarques sexistes et où la promotion est donnée au collègue masculin, pas toujours plus légitime mais en tout cas moins invisible.

Et à force de me dire « ce n'est pas si grave », « arrête de te plaindre, au moins t'as un boulot » ou encore « patience, ton travail finira par payer », je me suis repliée sur moi-même et j'en suis arrivée à un point où le simple fait d'aller au bureau n'avait plus aucun sens pour moi. J'avais l'impression d'être enfermée et de manquer d'air.

Quelle que soit votre situation actuelle, vous méritez que l'on s'intéresse à vos besoins et vous méritez de pouvoir les exprimer pour trouver les solutions qui vous correspondent.

LES 4 PILIERS DE LA COMMUNICATION NON VIOLENTE

L'observation : il s'agit d'expliquer les faits, et rien que les faits, qui vous ont heurté·e/choqué·e/mis·e dans l'embarras… sans interprétation ni jugement. Exemple : Nathan m'a interrompu·e à 5 reprises durant la réunion de mardi.

Le sentiment : l'idée est de mettre des mots sur ce que ces faits ont provoqué en vous. Avez-vous ressenti de l'irrespect ? de l'abattement ? de l'agacement ? de la tristesse ? du stress ? de l'embarras ? Cherchez le mot qui correspond le mieux à votre ressenti. Ne vous limitez pas à la colère ou à la tristesse : il y a tant de nuances possibles ! Exemple : j'étais hors de moi du fait de ces interruptions durant cette présentation que j'ai mis beaucoup de temps à préparer.

Le besoin : c'est souvent là que le bât blesse. Dire les choses de façon violente parce qu'on a vécu une situation comme une agression, c'est finalement presque monnaie courante. À la place, il s'agit d'expliciter votre besoin. Exemple : j'ai besoin que mon travail soit écouté et reconnu.

La demande : de ce besoin doit découler une demande d'action concrète et claire. Dire à la personne d'« arrêter de couper la parole » ou de « faire des efforts » n'est pas assez précis. Exemple : pour nos prochaines réunions, peux-tu me laisser finir ma présentation avant de prendre la parole pour faire des remarques ou poser des questions ?

S'INITIER À LA COMMUNICATION NON VIOLENTE

C'est là qu'entre en scène une théorie qui remonte aux années 1970. Après avoir obtenu son diplôme de psychologie clinique à l'université du Wisconsin, Marshall B. Rosenberg a mis au point sa méthode pour communiquer de manière diplomate et constructive. La communication non violente (CNV) était née. La formule peut faire sourire, pourtant, pour Rosenberg, une bonne communication doit être bienveillante et manifester suffisamment d'empathie pour se connecter à la fois à soi-même et aux autres.

Vous avez l'impression d'entrer dans le monde des Bisounours, pas vrai ? Je vous laisserai le soin de vous faire votre propre avis après avoir lu ce chapitre. Ma conviction est la suivante : s'inspirer des outils développés par Rosenberg peut vous permettre de (mieux) communiquer vos besoins et de comprendre ceux des autres. Tout le monde peut y gagner. Car comprendre les besoins des autres et tenter d'y répondre est un moyen efficace pour arriver à combler les vôtres.
Le processus sera loin d'être fluide au début et vous aurez l'impression d'agir de façon mécanique et scolaire. Mais à force d'entraînement, cela deviendra naturel pour vous.

Petit conseil : entraînez-vous à la CNV dans votre vie privée. Vous gagnerez en assurance. Un jour, l'une de mes coachées m'a confié sa frustration à l'égard de la réaction de son compagnon. Quand elle lui faisait part de ses doutes quant à la gestion de l'entreprise qu'elle dirige, il évacuait rapidement le sujet en lui disant : « ça va aller ». Or cette réponse l'agaçait beaucoup et accentuait le malaise qu'elle ressentait déjà ! Je lui ai conseillé d'appliquer le principe de la CNV pour faire passer le message efficacement à son chéri. Résultat : elle lui a expliqué avoir besoin de se sentir écoutée et non rassurée avec des phrases toutes faites. De vrais changements dans leur relation en ont découlé.

PRÉPARER SON ARGUMENTAIRE

Je vous propose maintenant de reprendre les besoins et les objectifs que vous avez identifiés pour favoriser votre épanouissement professionnel. Concentrez-vous sur les actions que vous devez mettre en place et qui impliquent une intervention extérieure. Si votre objectif est, par exemple, d'obtenir une mutation à Bordeaux d'ici à 6 mois, vous allez probablement devoir en parler à votre N+1, peut-être même à votre N+2 ainsi qu'au service RH dont vous dépendez. Formulez votre demande par écrit pour chacun de ces interlocuteurs en fonction de l'enjeu et en suivant les étapes de la communication non violente. Ce n'est pas clair ? Suivez l'exemple ci-dessous.

1

Je réalise en moyenne 3 allers-retours par mois à Bordeaux, où nous avons des bureaux (observation).

2

J'apprécie mon poste dans cette entreprise, mais je suis frustré·e de passer autant de temps dans les transports (sentiment).

3

J'ai besoin de stabilité pour continuer à bien effectuer mon travail (besoin). Peut-on organiser ma mutation à Bordeaux d'ici à 6 mois ? (demande).

Cet exemple est volontairement schématique et dépouillé en matière d'arguments. À vous de trouver les éléments qui vous permettront d'appuyer votre demande.

Surtout, soyez à l'écoute de la personne en face de vous, car vous pourrez ainsi faire en sorte que votre demande réponde également à un de ses besoins. Écoutez ses arguments pour y déceler des inquiétudes, une problématique que soulèverait un tel changement. Votre manager aura peut-être besoin de vous remplacer, d'un délai supplémentaire pour organiser la transition, de points réguliers avec vous... Derrière ce besoin se cache un sentiment (de l'inquiétude, du stress, de l'incompréhension...). À vous de découvrir ce qu'elle ou il cherche à vous dire derrière une réponse négative ou des hésitations.

Ne nous voilons pas la face, c'est loin d'être toujours facile ! Mais si vous venez avec la solution au problème et pas juste avec le problème, la personne en face de vous sera alors beaucoup plus encline à accéder à votre demande. Finalement, la CNV vous servira tout simplement d'outil pour négocier avec davantage de bienveillance et de manière un peu plus apaisée.

LES TRAVAUX PRATIQUES

Pour pratiquer vous-même la communication non violente, rendez-vous page 59 où sont présentés ses quatre piliers, avec des exemples pour vous guider.

5 Se mettre EN VALEUR sans se la raconter

> **« Personne ne s'est jamais grandi en démontrant à quel point les autres sont petits. »**
>
> Michaël Aguilar

Ce chapitre va vous permettre d'assurer votre promotion dans un contexte professionnel pour que l'on pense à vous au moment de la prime de fin d'année, quand un poste se libère ou pour une mission ambitieuse. L'une des problématiques des femmes que j'accompagne est qu'elles négligent ce travail de marketing de soi, non par manque de talent ou de résultats, mais par manque de confiance en elles et par peur de déranger. C'est le syndrome d'imposture, le sentiment de ne pas être à la hauteur et l'éducation des personnes dites femmes qui peuvent être à l'origine de ce ressenti.

SE TRANSFORMER EN SON OU SA PROPRE ATTACHÉE DE PRESSE

Qui mieux que vous-même peut parler de vous, de vos accomplissements quotidiens, des tâches que vous faites au-delà de votre fiche de poste ou de vos compétences développées en tant que freelance ? *Spoiler alert* : personne. Non, pas même votre maman ou votre meilleur·e ami·e. Vous êtes votre propre service de communication. Et comme dans tout service communication, vous devez préparer l'information que vous délivrez sur votre travail et soigner la façon dont vous en parlez.

Posez-vous ces questions : comment vous présentez-vous ? Que dites-vous de vos missions, de vos résultats ? Quand en parlez-vous et à qui ? Prenez le temps d'y répondre, elles sont importantes pour la suite. Suivez ce guide pour mener un véritable audit de votre communication professionnelle actuelle !

DRESSER SON PORTRAIT-ROBOT

Faites d'abord le point sur vos compétences. Votre CV constitue un bon point de départ. Que vous ont apporté vos études et/ou vos expériences professionnelles ? Dans quel(s) domaine(s) excellez-vous ? Dans quel(s) domaine(s) cherchez-vous à vous améliorer ? Quelles sont vos principales réussites ? Et ces dossiers pour lesquels votre action a été déterminante, ces client·es pour lesquels vous avez (sur)performé, ces moments où vous avez ressenti fierté et alignement ? D'ailleurs, ces réussites ne figurent peut-être pas toutes sur votre CV. Prenez donc bien le temps de compléter votre liste.

Réfléchissez également aux quatre ou cinq mots-clés qui vous caractérisent le mieux au travail. Le principe est le suivant : que voulez-vous qu'un recruteur, votre clientèle cible ou, tout simplement, une personne que vous rencontrez retienne de vous ? Vous pouvez demander de l'aide à des (ex-) collègues ou à des proches, mais seulement après avoir défini une série de mots-clés par vous-même !

PEAUFINER SON PITCH

Un pitch est composé d'une phrase d'accroche suivie d'un court paragraphe vous décrivant. Pour vous inspirer, je vous invite à lire « Le pitch façon TED : les secrets des "beaux parleurs" », de Bruno Askenazi (lesechos.fr) et à regarder la vidéo *How great leaders inspire action* (en anglais) de Simon Sinek. Et si on s'en inspirait ?

Voici mon pitch en exemple : journaliste de formation devenue coach, j'ai créé PAWA Coaching pour accompagner les femmes ambitieuses, bienveillantes et engagées dans leur quête d'une vie puissante, alignée et épanouie. Je crée des programmes pour développer la confiance en soi et trouver sa juste place dans sa vie professionnelle. J'interviens aussi en tant que coach freelance. Passionnée d'écriture, j'ai collaboré à l'élaboration de trois ouvrages entre 2019 et 2021.

Ce travail autour de votre présentation professionnelle doit vous aider dans deux types de situations.

1

En interne, pour que l'on pense à vous dans les moments déterminants d'une entreprise (ouverture d'un poste, opportunité à l'étranger, nouveau dossier…). L'idée est de rappeler la qualité de votre travail aux personnes chargées de l'évaluer ou de vous faire évoluer. Montrez-leur ce que vous avez dans le ventre ! Vos savoir-être sont aussi précieux que vos savoir-faire, alors ne les sous-estimez pas. Que pouvez-vous mettre en place dès à présent ?

2

En externe, lors de sessions de *networking* ou lorsque vous croisez quelqu'un. Il se peut que cette personne vous aide dans la concrétisation de vos objectifs ou vous offre une occasion en or ! Si vous prévoyez de changer d'entreprise, de vous lancer à votre compte ou si vous restez à l'affût des offres d'emploi du marché, vous devez « exister » indépendamment de votre emploi actuel.

Vous pouvez d'ores et déjà appliquer cet exercice de présentation à votre profil LinkedIn ou à vos autres réseaux en ligne. Cela vous rendra dès à présent un peu plus visible.

RACONTER SON PARCOURS

Le *storytelling* est une méthode de communication fondée sur une structure narrative qui s'apparente à celle de récits de fiction. Si je simplifie et que j'applique ce procédé à votre carrière professionnelle, votre *storytelling* est la façon de présenter votre carrière sous la forme d'une histoire positive, intéressante pour un recruteur ou une recruteuse ou pour votre clientèle.

Or, les personnes éduquées comme femmes dévalorisent souvent leurs compétences professionnelles (syndrome d'imposture). Et en effet, lorsque je parle de *storytelling* à ma clientèle ou à mon entourage, on m'oppose la critique du mensonge : « Ça veut dire tromper les gens, on ne leur dit pas (toute) la vérité. » Ou encore : « J'ai l'impression de m'inventer une vie tellement j'embellis mon parcours. » Le *storytelling* est pourtant une façon efficace d'exposer sous une forme travaillée des éléments réels.

Concrètement, comment on fait ?

1

Raconter les faits : votre *storytelling* professionnel doit être honnête et, dans la mesure du possible, chiffré. Soyez sincère avec vous-même – et avec votre interlocuteur. Partez de l'intitulé de vos missions et de vos résultats pour bâtir une histoire intelligible.
Exemple : lorsque j'étais journaliste dans le tourisme, mes missions consistaient à écrire des articles, à réaliser des reportages et à participer à différents événements. Pas très sexy, pas vrai ? En version *storytelling*, je citerais le nombre de pays visités, je donnerais des anecdotes et je soulignerais le fait d'avoir épaulé ma rédactrice en chef dans la création de deux suppléments. Ce sont des faits !

2

Mettre en valeur : bien faire votre travail ne suffira pas. Un jour, une camarade d'université m'a dit : « Je suis quelqu'un de très modeste et j'avais l'impression qu'on me demandait de me vanter et de faire de la lèche. [...] Je pensais que mon travail était suffisant (sauf que non). »
Petit *disclaimer* : il ne s'agit ni d'écraser les autres ni de vous vanter auprès de toute l'entreprise, mais de prendre votre juste place. Parlez de vous et de vos compétences dans un milieu professionnel pour rayonner comme il se doit. Présentez-vous sous un jour avantageux, sans renier votre personnalité ni vos valeurs. Réfléchissez aux moments dans lesquels vous vous sentiriez à l'aise de le faire : en réunion ? à la pause-café ? sur le réseau interne ? dans des événements ? dans des ateliers de *networking* ?

LES TRAVAUX PRATIQUES

Préparez étape par étape votre propre *storytelling* en page 61.

6 Quand c'est NON, c'est NON : poser ses limites

« Ma revendication en tant que femme, c'est que ma différence soit prise en compte, que je ne sois pas contrainte de m'adapter au modèle masculin. »

Simone Veil

Il n'a l'air de rien ce petit mot. Si facile à écrire. Trois lettres. Le dire, c'est une tout autre affaire. Il fait peur, il semble autoritaire, il paraît irrévocable. Depuis #MeToo, la notion de consentement s'affiche un peu partout. Il a fallu qu'on parle des abus subis par les victimes de viols et/ou d'agressions sexuelles pour que la notion de consentement s'impose dans l'espace public, avec pour objectif que plus jamais personne ne se sente en danger physiquement et psychologiquement en présence d'autrui. Ce n'est pas le sujet de ce chapitre, mais le harcèlement sexuel peut très bien s'immiscer au bureau. Sans parler de ces extrémités, dévastatrices pour les victimes, le (non-)consentement au travail commence par ce que l'on accepte (ou non) dans son espace professionnel.

« C'est l'absence de mots qui provoque les blessures incurables », écrivait le psychosociologue Jacques Salomé. Ne pas oser dire non à la réunion de 18 h 30 alors que c'était votre tour d'aller chercher les enfants chez la nounou – et que votre moitié y va déjà depuis plusieurs jours –, ne pas oser dire non à un·e client·e de peur de ne plus avoir d'autres occasions ou par crainte de passer pour une personne ingrate, égoïste, incapable de rendre service, ce n'est pas dire un vrai oui. Dire non est difficile, en particulier car la crainte de décevoir est forte chez les personnes éduquées comme femmes. Mais ce mot a un pouvoir magique : celui de vous affirmer en étant en accord avec vous-même.

DÉFINIR SES LIMITES

Une limite est une frontière entre votre zone d'influence – celle où vous êtes à l'aise, dans laquelle vous évoluez – et la zone de contrainte – sorte de *no man's land* dans laquelle on ne met pas les pieds par peur de l'inconnu. En coaching, je constate qu'identifier ses limites est souvent ce qui est le plus difficile pour les personnes que j'accompagne. On n'a pas l'habitude de se demander quelles sont nos limites. Pourtant, distinguer et nommer vos limites constitue la première étape vers le fait d'oser dire non et de vous affirmer.

Gardez en tête qu'il existe deux types de limites. Certaines limites sont aidantes : elles vous protègent, vous guident et vous permettent d'être aux commandes de votre vie. C'est quand vous (vous) dites : « Je garde confiance en moi. » « Je sais où je veux aller et j'atteindrai mon objectif. » Ou : « Je prends 5 minutes pour moi chaque jour. » Elles vous aident à définir votre zone d'influence. Les entraves, au contraire, vous enferment jusqu'à vous faire tourner en rond. Elles sont liées aux injonctions de la société, aux petites phrases anodines, mais tellement lourdes de sens, comme : « On n'y peut rien. » « C'est comme ça. » Ce sont les mots qui vous font subir votre vie, qui laissent les autres décider pour vous ce que vous devez être, où vous devez aller et ce que vous valez.

Au sein du monde professionnel, comme dans votre sphère privée, vous n'êtes pas là pour paraître sympa aux yeux des autres et vous plier à leurs désirs en toute circonstance. Agir avec bienveillance et ouverture d'esprit est une chose. Ne pas s'affirmer et aller au-delà de ses limites en permanence en est une autre.

DISTINGUER PEUR ET LIMITE

À ce stade, une question peut vous tarauder. Qu'est-ce qui distingue une limite d'une

peur ? Une peur est une émotion qui relève du ressenti et non d'un fait. Elle appartient à un système de croyances. La limite repose davantage sur des faits, mais elle peut avoir pour origine une peur. Par exemple, une de mes clientes a longtemps eu peur d'être rejetée dans tous les domaines de sa vie. Résultat, elle estimait qu'elle ne pouvait pas s'opposer à ses parents, y compris si leurs propos la blessaient ou si une décision ne lui convenait pas. Et je parle bien de relations entre adultes ! Cette prise de conscience l'a menée à une discussion ouverte avec ses parents et à davantage d'apaisement.

Toutes les fois où vous vous êtes dit « je ne peux pas faire/dire ça », « je suis nul·le en… », « je suis comme ça, on ne va pas me changer », sans le vouloir, vous avez exprimé une limite ! Prenez le temps de vous remémorer ces moments, de noter ces petites phrases. Essayez d'en déterminer l'origine, et surtout, de prendre conscience du comportement que vous adoptez face à elles, particulièrement si vous vous dites : « Je ne peux pas dire non aux demandes de dernière minute de mon boss. » Pourquoi pas ?

ÉCRIRE SA LISTE DE NON-NÉGOCIABLES

Il s'agit maintenant de déterminer les frontières à ne franchir sous aucun prétexte. Ce sont vos non-négociables. Pour vous y aider, voici une série de questions auxquelles je vous invite fortement à répondre :

Quelles sont les limites que je pose aux autres ?

....

....

....

....

....

Qu'est-ce que je fais quand une personne enfreint mes limites ?

....

....

....

....

....

....

Quelles sont les limites qui m'aident à être en accord avec moi-même et à préserver mon énergie ?

....

....

....

....

....

....

Définissez ensuite 2 à 3 **actions clés** pour vous affirmer, ne pas négocier vos limites et apprendre à dire non. Cela peut passer par le refus systématique de rendez-vous après 18 h 30 pour vous consacrer à vos loisirs ou à votre famille, par le fait de réorganiser votre emploi du temps et de le faire savoir à vos collègues ou à votre clientèle. Ce sont vos règles, faites-les appliquer, **toujours avec le plus de bienveillance possible !**

Action n° 1 :

....

....

....

Action n° 2 :

....

....

....

Action n° 3 :

....

....

....

TROUVER LA JUSTE FORMULATION

Lorsque je préparais ma certification de coach, le chapitre sur les limites comportait différentes affirmations à donner en séance, pour engager la conversation avec la personne coachée, dont celle-ci : « Une personne qui sait dire non avec tact et fermeté est davantage respectée que celle qui acquiesce toujours aux propos des autres. » Cette citation est puissante à mes yeux, car elle souligne que l'audace de dire non pousse les autres à ne pas franchir vos limites. Mais surtout, elle donne à voir la façon de présenter les choses pour que votre réponse négative soit bien reçue : tact et fermeté. Voilà deux notions bien difficiles à mettre en œuvre ! Comment formuler les choses de manière diplomate pour ne pas froisser les sentiments de la personne en face de vous ? Comment faire part de votre indisponibilité pour ce qui vous est demandé de manière irrévocable ?

Appuyez-vous sur ces deux règles d'or qui permettent de faire passer la pilule plus facilement.

1

Gagnez du temps. Le fait d'être joignable tout le temps peut avoir du bon. Mais dans un contexte professionnel, cela se transforme vite en enfer. Il faut répondre toujours plus vite, être toujours plus efficace. Et c'est là que vous risquez de vous laisser embarquer dans des situations que vous n'avez pas véritablement souhaitées. Dans ce cas, dégainez votre arme ultime : « Peux-tu m'accorder quelques heures pour y réfléchir ? » « J'ai besoin de vérifier mon agenda, je reviens vers toi dans X heures. » « Pour t'apporter une réponse efficace, je me bloque un créneau cet après-midi et on en reparle en fin de journée. » Trouvez la phrase avec laquelle vous êtes le plus à l'aise et gagnez du temps pour réfléchir à tête (un peu plus) reposée. Une fois seul·e, vous pourrez peser le pour et le contre de la demande qui vous a été faite.

2

Apportez une solution, pas un problème. Votre refus sera mieux accepté si vous étayez votre réponse... et si vous proposez une solution. Commencez par votre raison (une phrase suffit, nul besoin de vous justifier pendant des heures !) : « Je suis désolé·e, j'ai vu que tu me demandais ce dossier pour demain, mais je dois absolument terminer ma présentation pour ce soir. » « Je souhaiterais t'aider, mais j'ai déjà une réunion. » Mettez ensuite l'accent sur les solutions : renvoyez vers un·e collègue, demandez un délai ou un report, recommandez une formation... Assurez-vous d'apporter au moins une solution (pertinente, évidemment). Votre « non » passera beaucoup plus en douceur !

LES TRAVAUX PRATIQUES

Retrouvez page 63 une citation inspirante sur le fait de dire « non » et essayez d'identifier ce à quoi elle peut concrètement vous renvoyer.

7 DEMANDER et OBTENIR à coup sûr

> « Vous obtenez dans la vie ce que vous avez le courage de demander. »
>
> Oprah Winfrey

Très souvent, la raison pour laquelle vous n'obtenez pas, c'est que vous ne demandez pas… ou que vous ne demandez pas de manière convaincante. Petit *disclaimer* : je ne dis pas que c'est systématiquement de votre fait. Pour danser le tango, il faut être deux et pour demander, négocier et obtenir, aussi. Chacun·e a sa part de responsabilité. Je ne dis pas non plus que vous devez insister – que ce soit auprès de votre boss, de la personne qui partage votre vie ou autre – jusqu'à ce qu'on vous dise oui, la mort dans l'âme. Vous le savez maintenant, un oui donné quand on pense non n'est pas un vrai oui. Dans ce chapitre, je souhaite vous donner des clés pour mieux vous préparer à cette grande demande. Ce sont des conseils à appliquer en complément de ceux présentés au chapitre 4.

SE PRÉPARER À DEMANDER (ET À OBTENIR)

Tout commence par une bonne préparation. Loin de moi l'idée de me transformer en préparatrice mentale ici, mais je vous recommande de mettre en place deux habitudes.

Le conditionnement

Ce que vous souhaitez, il vous faudra le demander, car on obtient rarement les choses par magie. Non pas que les gens soient tous méchants (même si certains le sont), mais parce qu'ils sont sûrement, comme vous, concentrés sur leurs obligations, et peut-être aussi sous pression. La demande est donc le nerf de la guerre et la première étape consiste à préparer la scène de votre demande (d'augmentation ou de promotion, pas de mariage… quoique).

La visualisation

Pour vous mettre dans les meilleures conditions, la visualisation est un outil efficace. Les athlètes, notamment, l'utilisent pour produire le geste parfait et calibrer leurs efforts avant une compétition. Envisagez votre prochaine demande cruciale de la même manière !

L'objectif peut être multiple : projeter une image mentale du futur et orienter vos efforts dans une direction, profiter de la répétition de ressentis positifs ou encore augmenter votre concentration.
Pour vous convaincre des bienfaits de la visualisation, je vous invite à lire l'article d'Arnaud d'Argembeau intitulé « La pensée future épisodique » (cairn.info).

Préparez-vous pour l'expérience. En position confortable, assise ou allongée (pas besoin de faire le poirier ou de vous mettre en lotus), focalisez-vous sur votre respiration. Détendez vos épaules, votre visage. L'idée est de vous mettre dans la peau de votre vous au moment de votre demande. Quels vêtements portez-vous ? À quelle heure le rendez-vous a-t-il lieu ? Avec qui échangez-vous ? Surtout, imaginez-vous calme, à l'aise. Répétez l'exercice jusqu'au jour J !

PEAUFINER LES ARGUMENTS

On attaque maintenant la phase la plus concrète avant de formuler votre demande : fourbir vos armes, c'est-à-dire vos (meilleurs) arguments. Deux aspects sont à prendre en compte.

1

Vos accomplissements des mois précédents, car pour convaincre, rien ne vaut les éléments factuels et tangibles. Sur quels dossiers avez-vous travaillé ? Quels ont été vos résultats (financiers, en nombre de client·es, etc.) ? Listez tout ce qui pourra appuyer votre demande !

2

Votre demande et les besoins de la personne à qui vous vous adressez. Pour augmenter vos chances d'obtenir une réponse favorable, formulez une demande précise et concrète. N'oubliez pas d'être à l'écoute de la personne en face de vous, comme nous l'avons vu dans le chapitre 4, afin de déceler les informations utiles à votre négociation. Relancez, creusez, posez des questions ouvertes et demandez souvent « pourquoi ». Vous finirez par avoir les vraies raisons d'un refus ou d'une hésitation et vous pourrez argumenter ! Pour cette étape, aidez-vous des 4 phases de la communication non violente (voir page 59).

LES TRAVAUX PRATIQUES

Pour vous aider à trouver les éléments factuels dont vous avez besoin (et à arriver confiant·e le jour J !), rien de mieux que la liste des succès. Il s'agit d'une liste en deux colonnes : d'un côté, les réussites chiffrées ; de l'autre, les succès qui vous apportent de la fierté. Les deux ne sont pas forcément corrélés ! Complétez la vôtre page 65.

8 Dire BYE BYE à ses croyances limitantes et autres BLOCAGES

« Si tu n'as pas d'ombre, c'est que tu n'es pas dans la lumière. »

Lady Gaga

Saviez-vous que 90 à 95 % des pensées que vous avez au cours d'une journée sont les mêmes que la veille ? Pire que ça, selon le psychiatre et spécialiste des troubles du cerveau Daniel Amen, 80 % de ces pensées récurrentes sont négatives... Sachant qu'on a en moyenne 60 000 pensées par jour, ça fait mal ! Sans parler de la charge mentale ! Faites le test avec votre journée d'hier et celle d'aujourd'hui. Qu'est-ce qui a majoritairement occupé votre cerveau ? Pour quoi avez-vous éprouvé de l'angoisse, de la motivation, de l'enthousiasme ?
Les études en neurosciences montrent aussi que la majorité de nos pensées sont tournées vers le futur – parfois inquiétant, incontrôlable, impalpable – et le passé – à ressasser ce qu'on a mal dit et mal fait. Bref, on est de véritables machines à rumination. Pourquoi est-ce que je vous parle de ça ? Parce que parmi toutes ces pensées négatives qui nous polluent le cerveau, certaines appartiennent sans aucun doute à la famille des croyances limitantes. Derrière cette expression se cache un fait simple : dans certains cas, nos pensées nous limitent. J'insiste sur le « dans certains cas », car comme tout dans la vie, rien n'est jamais complètement blanc ou noir.

Vos pensées peuvent être un frein très puissant à vos actions et à la concrétisation de ce qui vous tient à cœur. Mais elles peuvent aussi être un formidable outil de mieux-être et vous guider vers davantage d'épanouissement au travail. La bonne nouvelle, c'est que ces idées noires ne sont pas incontournables. On peut les ramollir, les mettre au coin, leur dire de se taire suffisamment fort pour avancer, ne serait-ce que d'un petit pas. Pour mieux comprendre votre cerveau, je vous conseille la lecture du passionnant ouvrage de la professeure Wendy Suzuki, *Bouge ton cerveau.*

LES CROYANCES LIMITANTES, QUÈSACO ?

Les croyances limitantes sont des schémas inconscients, si profondément ancrés qu'ils semblent nous coller à la peau. Elles se dissimulent souvent dans nos peurs.

Le travail à mener s'articule alors en deux phases.

1

Comprendre d'où elles viennent : je vais donc vous donner quelques pistes pour trouver l'origine de vos croyances.

2

Changer votre comportement : après le constat, place aux solutions avec une méthode express d'auto-coaching pour travailler sur vos croyances limitantes afin de vous affirmer au bureau.

DE L'ORIGINE DE NOS CROYANCES

Une croyance, limitante ou aidante (car oui, on a quand même quelques croyances sympas qui nous aident dans la vie !), peut avoir de multiples causes. Elle se retrouve dans vos pensées, quand vous vous dites : « Je ne peux pas faire ci ou dire ça. » C'est aussi le cas quand vous utilisez les mots *toujours* ou *jamais*.

Une croyance est une affirmation tellement ancrée qu'on la pense vraie. Une phrase d'un cours suivi pour ma certification de coach m'a marquée : « Nos croyances limitantes sont un filtre que l'on applique sur la réalité. » Et ce miroir déformant finit par devenir une source de mal-être qui s'insinue dans notre quotidien. D'ailleurs, selon Jacques Salomé, « nous sommes les forgerons de nos propres chaînes et bien souvent de très habiles artisans ». Oui, nous sommes souvent très critiques envers nous-mêmes.

Ces croyances peuvent venir de notre éducation au sens large : nos parents, l'école, le corps enseignant... Différentes injonctions s'imbriquent dans notre enfance et se renforcent au fur et à mesure que l'on grandit. C'est ce que le psychologue Taibi Kahler nomme les *drivers*, les petites voix. Ce sont

des messages qui, à force d'être répétés, finissent par influencer notre comportement au quotidien. Il en existe cinq catégories : « sois parfait·e », « sois fort·e », « fais plaisir », « fais des efforts » et « dépêche-toi ».

Je n'accuse ici personne, ni vos parents ni le corps enseignant. Ils font eux-mêmes partie de ce système et sont eux aussi soumis à ce genre d'injonctions, qui consistent à faire passer les besoins des autres avant les leurs ou à essayer de faire plaisir aux autres. C'est possiblement ce qui vous empêche de poser des limites saines et de dire non au dossier déposé sur votre bureau le vendredi à 18 heures ou aux réunions systématiquement organisées à l'heure de votre séance de sport ou de votre cours de théâtre. Vous avez peur de décevoir. Vous avez peur du rejet. Selon la coach canadienne Lise Bourbeau, les sentiments de rejet, d'abandon, d'humiliation, de trahison et d'injustice sont des blessures qui vous poussent à créer inconsciemment des mécanismes de défense pour vous préserver et qui alimentent certaines de vos croyances.

Pour quelle raison vous ai-je expliqué tout cela ? Parce que le dénominateur commun de vos croyances se trouve dans les comportements qu'ils induisent. Ils vous entraînent dans l'enfer de la boucle autovalidante, ou prophétie autoréalisatrice, théorisée par les sociologues américains Robert King Merton et William Isaac Thomas. En clair, on finit par permettre que ce que l'on craint nous arrive.

NOS COMPORTEMENTS ALIMENTENT NOS PEURS

À ce stade, vous vous dites peut-être : « Je ne pourrai jamais me défaire de cette peur ! » Laissez-moi partager avec vous un exemple très personnel qui fait beaucoup rire mon entourage. J'ai une peur bleue des araignées. D'aussi loin que je me souvienne, je les ai toujours craintes. Je les trouve moches et fourbes. En primaire, en récupérant un couteau tombé en bas de notre immeuble, je suis passée entre deux buissons et une araignée, tranquille sur son fil, s'est accrochée à mon pull. J'ai hurlé à pleins poumons, j'ai paniqué et je me suis mise à courir tout en pleurant jusqu'à l'appartement. Je me rappelle encore la tête de ma mère !

À la longue, j'ai développé de véritables manies pour éviter d'être confrontée trop souvent à elles, comme scruter tous les coins d'une pièce ou les (faire) tuer. Mais au fil de mon introspection, j'ai pris conscience que, plus que les araignées elles-mêmes, c'étaient ces comportements qui finissaient par alimenter ma peur. Un mécanisme qu'explique parfaitement le psychologue Vincent Trybou dans un des épisodes du podcast *InPower* de Louise Aubery.

Notre comportement finit par entretenir la peur elle-même, car on ne s'expose jamais à la cause de cette peur. Pourtant, c'est possible de changer cela en l'affrontant ! En changeant de comportement, j'envoie un autre message à mon cerveau : elles ne sont peut-être pas si dangereuses. Ni fourbes ou moches. Après tout, « la petite bête ne va pas manger la grosse », comme disait ma mère.

Je vous l'accorde, c'est un exemple très trivial. Mais c'est le même schéma qui se met en route dans le milieu professionnel. Car oui, notre cerveau aime bien s'enliser dans sa routine et, comme un ordinateur programmé d'une certaine manière, tant qu'on ne lui a pas expliqué et montré comment faire autrement, il continue en pilotage automatique. Au travail, j'ai toujours cherché la reconnaissance de ma hiérarchie et de mes collègues, et je suis une personne qui déteste le conflit. J'avais peur de leur regard sur mon travail, peur d'échouer, peur d'annoncer des (mauvaises) nouvelles…

Lorsque j'ai pris la décision de faire part de mon départ à ma cheffe, j'ai ruminé pendant des semaines. Comme si ma vie dépendait de son aval et que j'allais la décevoir ! Aujourd'hui, je me répète bien plus facilement que je ne suis pas responsable de la façon dont les gens interprètent mes mots et mes actes. Je m'efforce de présenter les choses du mieux possible, mais je n'ai pas la responsabilité de comment le message est perçu à la fin. Qu'on soit bien d'accord, ce n'est pas toujours simple.

Changer de comportement est la partie la plus ardue, mais elle montre que non, vous n'avez pas l'obligation de rester dans ces certitudes qui vous empoisonnent la vie. Rendez-vous page 67 pour compléter votre boucle autovalidante et comprendre comment passer à l'action et vous confronter à vos peurs !

DOPER SON CERVEAU

Que l'on soit salarié·e ou à son compte, le chemin est pavé de peurs en tout genre qui nous empêchent souvent de mettre en place certaines actions : peur du regard des autres, syndrome d'imposture ou de la bonne élève, peur de l'échec ou de la réussite. Sortir de sa zone de confort, prendre un risque quel qu'il soit, peut être un danger en soi.

Vous craignez peut-être ce que les autres pourraient penser de vous : votre choix de passer à temps partiel, de vous occuper de votre enfant ou non, de vous reconvertir ou de vous mettre à votre compte. Vous appréhendez peut-être à l'idée d'échouer : rater votre présentation, ne pas conclure une vente ou ne pas parvenir à faire décoller votre activité. Vous redoutez peut-être l'idée de réussir, d'être sous le feu des projecteurs. Autant de scénarios que vous ressassez encore et encore jusqu'à être dos au mur. Et si vous les remplaciez par un autre scénario ? Pour cela, la pleine conscience est votre alliée. Il s'agit de prendre le temps d'être là, dans l'instant présent. Asseyez-vous quelques minutes et respirez calmement. Concentrez-vous sur votre corps, sur vos ressentis. Comment vous sentez-vous aujourd'hui ? Ressentez-vous quelque chose en particulier ? Si ce n'est pas le cas, c'est OK. Vous pouvez également vous répéter quotidiennement des phrases positives sur vous et vos objectifs, histoire de remplacer les « je n'y arriverai jamais » par des « je peux le faire » !

LES TRAVAUX PRATIQUES

La boucle autovalidante repose sur trois éléments : la croyance limitante, le comportement associé et le résultat. Remplissez la boucle page 67, puis écrivez à côté de votre comportement actuel celui que vous voudriez adopter pour transformer votre résultat !

9 Mieux GÉRER les CRITIQUES

« Je n'ai rien à faire de ce que vous pensez de moi. Moi, je ne pense pas du tout à vous. »

Coco Chanel

Aïe ! Une petite pique sur votre dernière présentation ou le retour un peu trop abrupt d'un·e client·e et vous voilà blessé·e. Quand j'ai interrogé ma communauté sur leur rapport à la critique, les retours ont été sans appel : « Les critiques me déstabilisent, car elles comportent un jugement. » « C'est plus facile pour moi de gérer mon stress que les critiques. » Être sensible à la critique n'est pas une faiblesse. Elles affectent tout le monde, à différents degrés. Et j'aimerais justement vous donner des astuces pour diminuer l'effet de ces propos qui peuvent durablement blesser, afin qu'ils ne vous freinent plus dans vos ambitions et dans votre progression professionnelle.

Spoiler alert : vous ne réussirez pas à prendre de la distance par rapport à la situation à tous les coups. Vous vous sentirez parfois submergé·e en dépit des conseils que je vais vous donner. Mais en essayant d'avoir davantage conscience de ce qu'il se passe et en vous astreignant à adopter cette posture plus régulièrement, vous apprendrez à mieux appréhender ces situations difficiles.

RÉAGIR FACE À UNE CRITIQUE

La meilleure manière de répondre à une critique n'est pas d'entamer une partie de ping-pong à coups de remarques acerbes, mais de gagner du temps pour retrouver votre souffle avant de prendre du recul ou de comprendre d'où vient cette remarque inappropriée. Pour ce faire, je vais convoquer un monument du cinéma français (vous allez comprendre l'ironie). Vous rappelez-vous le personnage d'Igor d'Hossegor dans *Brice de Nice* et son effet miroir : « boomerang, boomerang, tout ce que tu dis, ça revient vers toi » ? Il n'est peut-être pas futé, notre cher Igor, mais il a bien compris l'idée : en opérant un retour à l'envoyeur ou à l'envoyeuse, vous faites tout de suite un pas de côté. En répondant « du coup, vous pensez que je n'ai pas réagi comme il le fallait ? », vous vous octroyez un moment de répit et, comme l'explique la coach Chine Lanzmann dans son *Guide de l'auto-coaching pour les femmes*, vous rendez à l'autre la propriété et la responsabilité du propos qui a été tenu.

Le plus dur lors d'une situation difficile est de garder son calme et de respirer un grand coup. Vous ressentez une agression et vous n'avez pas envie de rester les bras croisés ! Votre arme secrète sera la suivante : poser une question. À l'instar de l'effet miroir d'Igor, cela permet de renvoyer la balle et la responsabilité de sa critique, ainsi que celle de l'explication qui va avec, à la personne qui vous critique. Qu'on soit bien d'accord, on ne se met pas à hurler en disant « mais pourquoi t'as dit ça ?! », sinon il y a 100 % de chances que la personne se braque et que les choses s'enveniment.

DEMANDER UNE EXPLICATION

Un jour, ma sœur m'a dit ceci : « Ce n'est pas parce que la personne en face ne fonctionne pas comme nous et qu'elle a peut-être mal exprimé ses idées qu'on n'a pas le droit de se confronter à elle et de lui demander des explications, voire des excuses. » C'est vrai. Vous êtes responsable de vos propos et de vos faits et gestes, mais autrui l'est aussi. Il nous incombe d'adapter notre communication en fonction de la personne à laquelle on s'adresse, ce n'est pas à l'interlocuteur de supposer ce que le locuteur pense ou ressent. À mon sens, c'est le niveau le plus difficile des relations interpersonnelles : cerner le fonctionnement de l'autre, comprendre ses besoins et motivations, apporter l'élément ou l'action qui fera passer notre message efficacement, pour ne pas passer des heures à essayer de démêler la vérité.

Or, tout le monde n'agit pas ainsi et je n'ai pas envie que vous ressassiez cette remarque pendant des semaines et qu'elle vous affecte tellement qu'au bout de trois ans, vous y pensiez encore. Comme le souligne Chine Lanzmann, il vaut mieux éviter de s'attarder sur une critique non argumentée, c'est inutile.

Osez formuler un « qu'est-ce qui vous fait penser ça ? ». Subtilement, vous emmenez la personne sur le terrain des éléments factuels et les questions ouvertes ne risquent pas de clore brutalement la discussion. La personne est donc bien obligée de trouver quelque chose à vous répondre. C'est aussi le moment de dégainer les étapes de la communication non violente, l'air de rien, pour partir d'une observation (c'est-à-dire pointer la critique) et pour vous exprimer sur votre sentiment et votre besoin. Incitez également votre interlocuteur ou votre interlocutrice à vous dire ce qui l'inquiète, l'agace ou l'énerve. Derrière une critique, il y a probablement un besoin non exprimé.

GÉRER LA REMARQUE

Que vous ressentiez le besoin de sonder ce que la critique a réveillé chez vous ou de vous confronter à la personne concernée pour lever tout malentendu et obtenir des explications, vous méritez avant tout de faire un pas de côté. Sans refouler vos émotions pour autant, ne les laissez pas vous dominer. Dans le cadre professionnel, ce n'est pas toujours possible de laisser libre cours à ses émotions.

Je vous invite donc à développer votre propre technique : est-ce d'écrire sur un papier ce qui ne va pas ? De passer un coup de fil à un·e proche ? De prendre une pause et d'aller marcher ne serait-ce que quelques minutes ? De vous isoler aux toilettes pour pleurer un bon coup ?

Ce temps vous permettra de déposer toutes ces idées noires quelque part avant de passer à l'action : comprendre vos besoins et faire en sorte que la critique qui vous a été adressée ne soit plus mal vécue – ou que vous sachiez comment répondre ou agir la prochaine fois. Dans tous les cas, rappelez-vous : ce que les autres pensent de vous leur appartient. Contentez-vous de suivre votre ligne de conduite. Comme disent les Anglo-saxons : *you are enough*.

INTERROGER SES ÉMOTIONS

Il est naturel de se sentir parfois attaqué·e. Mon conseil n'est pas de ressasser un mauvais moment, mais bien de prendre le temps de comprendre ce qui se passe dans votre tête et votre corps. Mieux se comprendre, c'est la clé ! Et, derrière une émotion se cache un besoin. Reprenons donc la pyramide des besoins page 9 pour s'intéresser aux étages les plus hauts : les besoins d'appartenance et d'estime.

Le premier réflexe consiste très souvent à culpabiliser. Vous n'avez pas à balayer ou à stocker ces idées : les faire sortir, à l'écrit ou à l'oral, vous fera beaucoup plus de bien. L'important est de ne pas bloquer dessus.

LES TRAVAUX PRATIQUES

Don Miguel Ruiz naît au Mexique d'une mère guérisseuse et d'un père chamane. Alors qu'il suit des études de médecine pour devenir chirurgien, il fait une expérience de mort imminente. C'est là qu'il décide de se consacrer aux traditions toltèques, l'une des civilisations autochtones d'Amérique centrale. *Les Quatre Accords toltèques* paraît à la fin des années 1990 et demeure encore aujourd'hui un best-seller du développement personnel. Examinons page 69 les principes qui, selon ce petit livre, régissent une vie heureuse et paisible. Une fois ces principes intégrés, vous pourrez les appliquer dans votre vie !

Qu'est-ce que ce mot blessant ou cette remarque désobligeante a réveillé en vous ? Un traumatisme ? Un besoin de reconnaissance peu comblé ? Qu'avez-vous ressenti ? Quelle image de vous-même cela vous a-t-il renvoyé ?

10

Dédramatiser les enjeux : faire du TRAVAIL un JEU

« Le jeu c'est le travail de l'enfant, c'est son métier, c'est sa vie. »

Pauline Kergomard

C'est en général le moment où les personnes que j'accompagne me font les yeux ronds. Leurs objections : le travail, ce n'est pas drôle, et encore moins quand on s'y sent à l'étroit, que l'on manque de considération. Comment puis-je leur demander de voir leur activité professionnelle comme un jeu ? D'abord, *jouer* ne signifie pas forcément « rire » ou « s'amuser ». Cela renvoie effectivement au divertissement, mais aussi à une forme d'improductivité (au sens de non-création de nouvelle richesse), de créativité et de légèreté.

Derrière cette injonction volontairement provocante, je pointe notre rapport au travail, érigé en valeur suprême. Dans les discours politiques, la « valeur travail » est un élément de langage récurrent : elle est essentielle et intouchable. Travailler, c'est être du bon côté. Travailler, au sens où la société l'entend, c'est exister.

ACCÉDER AU NIVEAU SUPÉRIEUR

Le travail se hisse en tête de vos préoccupations et vous lui laissez probablement 80 % de votre temps et de votre énergie parce qu'il vous confère trois éléments :

- une identité ;
- un statut social ;
- de l'argent (et donc un niveau de vie et une certaine indépendance).

Il fait de vous une personne « comme il faut ». On va à l'école dans l'objectif lointain d'exercer un métier. On poursuit des études avec l'intention de maximiser ses chances d'obtenir un travail. On tente de retrouver un travail coûte que coûte quand on est confronté·e au chômage, car toute la société semble nous crier qu'il ne s'agirait pas d'y rester trop longtemps. On avoue à demi-mot qu'on est parent au foyer ou qu'on a un travail saisonnier. Car en plus d'avoir la croyance que le travail nous *fait*, nous avons intégré que le mieux est encore d'avoir un CDI et d'être fidèle à son entreprise. Certaines sociétés ne se qualifient-elles d'ailleurs pas de « maison » ? Votre travail devient presque votre famille…

Même si le schéma tend à se détricoter avec l'explosion d'Internet, des réseaux sociaux, du travail façon « juste-un-laptop-et-du-wifi » et autres burn-out à répétition, et que les gens aspirent à plus de liberté, les faits sont toujours là. Mieux vaut rentrer dans le rang et avoir un travail stable, avec des horaires à peu près fixes, même si cela vous tue peut-être à petit feu, puisque vous lisez ces lignes. Car sortir de ce schéma fait peur.

Cette croyance sur le travail est tellement ancrée que vous craignez peut-être de perdre une partie de votre identité, de votre prestige social ou de votre confort de vie si vous renoncez à cette conception et que vous y dérogez. Je ne dis pas que c'est facile. Je ne dis pas non plus que vous allez adhérer à cette vision, ni que vous allez réussir à la mettre en place en trois semaines.

REMETTRE LE TRAVAIL À SA PLACE

Vous commencez à me connaître, ce chapitre est là pour vous permettre de prendre du recul. Je souhaite ici que vous repreniez les rênes de votre vie professionnelle en y réfléchissant et en y apportant de la légèreté. Cela passe d'abord par le fait de vous rappeler que le travail, en dépit du temps que vous y consacrez, n'est qu'un élément de votre vie. Il ne vous définit pas. Il vous permet d'exprimer des compétences, une attitude, un message. Ce n'est qu'une sphère parmi toutes celles qui composent votre vie : votre vie amoureuse, spirituelle, sociale, votre santé mentale et psychologique… Vous avez autre chose à faire que de passer 80 % de vos ressassements mentaux à penser au travail !

DÉFINIR SES RÈGLES DU JEU

Faire du travail un jeu implique de changer les règles en sortant de votre zone de contrainte et en élargissant votre zone d'influence, en identifiant vos peurs et en redéfinissant vos limites. Ça tombe bien, à cette étape du livre, vous êtes déjà bien avancé·e. Je voudrais tout de même vous proposer d'approfondir la réflexion grâce à trois questions.

Quelle est votre définition du travail ?

Il n'y a pas de bonne ou de mauvaise réponse, simplement celle que vous donnerez. Chaque personne a la sienne. J'ai fait le test avec mon mari. Sa réponse : « Travailler, c'est réaliser des activités, une action, quelque chose qui change l'état de ce sur quoi on agit. Par exemple, modifier un document, tailler une pierre. C'est avoir un impact. »

La mienne : « Travailler est un moyen d'atteindre mes rêves, un moyen d'être libre, épanouie, fière de moi. Travailler me permet d'occuper ma juste place et d'inspirer les autres à mon tour. » Vous voyez ? Faites le test avec vos proches, les réponses risquent d'être étonnantes… et enrichissantes !

Qu'est-ce qui vous empêche de voir le travail comme un jeu ?

Notez tout ce qui vous vient, même si cela vous semble trivial. À chaque réponse que vous écrivez, demandez-vous pourquoi. Par exemple, si vous répondez que ce qui vous empêche de voir le travail comme un jeu est le stress ou la monotonie de vos missions, creusez ces éléments. Concevoir le travail comme un jeu permettra de prendre plus de plaisir dans ce que vous faites.

C'est ici qu'apparaît parfois le scénario catastrophe : si je considère mon travail comme un jeu, je vais être à la rue pour avoir mal rempli ma mission. *Wait, what ?* Le scénario catastrophe, c'est le pire qui puisse vous arriver, la situation que vous redoutez par-dessus tout. Ce que vous oubliez, lorsque le cerveau se met en mode « scénario catastrophe », c'est qu'il y a un certain nombre d'étapes avant de se retrouver dans le pire du pire du pire.

Quelle action pourriez-vous mener pour rendre le travail plus ludique, plus agréable, plus léger ?

Une action à mener au quotidien serait un vrai plus, car elle vous permettrait d'ancrer une nouvelle habitude. Dans mon propre cheminement, j'en suis venue à interroger mon rapport à l'autorité. Pourquoi avais-je tellement peur de décevoir des personnes que je jugeais « au-dessus de moi » (des adultes, des spécialistes, ma hiérarchie…) ? Dire quelque chose de travers, avoir l'impression de ne pas avoir le droit de « trop » m'amuser avec mes collègues au risque de discréditer mon travail, tenir cette posture de rigueur et peut-être aussi de froideur… J'avais l'impression de mettre un masque quand j'entrais dans les bureaux.

J'ai vite compris que j'attendais de la considération de ces personnes-là, car j'étais incapable de m'en accorder moi-même. Il n'est pas rare que les femmes en particulier recherchent des compliments de la part de personnes « d'autorité » pour combler le gouffre sans fond du besoin de reconnaissance que leur éducation a creusé. J'ai mis en place plusieurs actions pour inverser la tendance : tenir un carnet de gratitudes quotidiennes, me rappeler qu'un·e supérieur·e, un·e enseignant·e ou une personne plus âgée ou socialement plus reconnue que moi restent des êtres humains, et qu'à ce titre, je n'ai pas à modeler ma vie selon leurs potentiels jugements ou attentes. Allez, à votre tour !

LES TRAVAUX PRATIQUES

Dans un scénario catastrophe, le point de départ est un nouveau cadre qui crée de l'incertitude, comme démissionner pour vous mettre à votre compte. Page 71, déroulez l'ensemble des étapes qui vous séparent de la pire situation qui puisse résulter de ce choix (par exemple, vous retrouver sans domicile). Quelles sont les ressources que vous pouvez mobiliser pour vous en prémunir ? Veillez à chercher l'exhaustivité !

Une phrase de Chine Lanzmann a été particulièrement déterminante pour moi quand j'ai exploré mon rapport à l'autorité et interrogé mon éventuelle soumission aux autres, aux règles et à la société : « Vos managers ne sont pas vos parents. » Page 73, explorez ce que la hiérarchie à laquelle vous vous soumettez, ou avec laquelle vous n'osez pas être vous-même, représente pour vous et quelle figure d'autorité elle vous rappelle.

« Seul, on va vite ; ensemble, on va loin. »

Proverbe africain

J'ai toujours été un loup solitaire dans le travail. Je suis très autonome dans mes différentes tâches et c'est ce que j'adore dans le fait d'être indépendante et de travailler de chez moi. Décider de mon rythme de travail est l'un des besoins que j'avais identifiés avec la méthode que je vous ai présentée au début de ce livre.

En revanche, il y a un autre besoin, dont je n'avais pas soupçonné l'importance lorsque je me suis lancée dans l'entrepreneuriat et qui me semblait contredire mes expériences passées. Depuis que je suis à mon compte, j'ai besoin d'être entourée. Pas juste un accompagnement par un·e coach en entrepreneuriat. J'ai besoin d'être entourée de personnes qui font ressortir le meilleur de moi-même dans un cadre professionnel. C'est le programme de ce chapitre : vous constituer votre équipe de Jedi.

IDENTIFIER SES PERSONNES RESSOURCES

Lorsqu'on est face à un conflit avec sa direction, dans une situation délicate en tant que freelance ou encore en reconversion professionnelle, le soutien de personnes de confiance est indispensable. Je vous propose donc d'identifier ces ami·es, membres de votre famille, collègues que vous pourrez contacter en cas de besoin. Qui pourriez-vous appeler si vous aviez une question sur votre métier ? Qui solliciteriez-vous en cas de coup de blues ?

Prenez quelques minutes pour lister les noms qui vous viennent spontanément. Organisez-les ensuite en fonction des thématiques/problématiques que vous pourriez rencontrer : communication, business, droit du travail… L'idée est d'avoir toujours deux ou trois personnes à contacter par catégorie, qui ne font pas forcément partie de la même entreprise, ni du même secteur, ni du même cercle de connaissances. Cela vous permettra de varier et de croiser les points de vue pour obtenir l'information ou la solution qui vous convient. Si vous travaillez pour une entreprise, vous pouvez aussi lister les personnes sur lesquelles vous pouvez compter.

COMPTER SUR LES PERSONNES QUI VOUS REPRÉSENTENT

Lorsque j'étais encore salariée, j'ai été à plusieurs reprises en relation avec les représentant·es du personnel (« instances représentatives du personnel ») de mon ancienne société ainsi qu'avec le principal syndicat des journalistes. Ces personnes peuvent vous venir en aide. Nul besoin d'adhérer à un syndicat ou d'être soi-même représentant·e du personnel pour les solliciter. Ces ressources précieuses connaissent par cœur les termes de votre convention collective et portent un regard d'ensemble sur la situation de l'entreprise, des autres services... Tâtez aussi le terrain du côté du service des ressources humaines ou bien tournez-vous vers un service externe, comme le propose la start-up My Pocket RH, pour garantir un regard extérieur et objectif sur votre situation.

QUID DES FREELANCES ?

Il existe pléthore de syndicats, d'associations et autres organismes de représentation en tout genre, qui se mobilisent pour défendre votre profession et/ou votre statut.

Un dernier mot sur ce sujet : si les réseaux sociaux sont parfois décriés pour leur manque de bienveillance ou la violence des propos, ils permettent aussi de donner la parole à des anonymes qui dénoncent des situations de discrimination ou de harcèlement. C'est également un canal de communication puissant pour des professionnel·les qui font de votre défense et de votre bien-être au travail leur combat. Je pense notamment à l'avocate Élise Fabing, experte en droit du travail, et à Anne Boistard, à l'origine du compte Instagram @balancetonagency_ qui dénonce le sexisme et autres violences dans les agences de pub.

Quelle que soit votre situation actuelle, entourez-vous. Vous avez plus d'atouts et de soutiens que vous ne le pensez !

SORTIR DE SA ZONE DE CONFORT

Bien sûr, vous ne vous entourez pas uniquement pour les creux de vagues. Il s'agit aussi de vous ouvrir des portes, de développer votre réseau ou, tout simplement, de nourrir votre curiosité et votre envie d'apprendre. Et pour cela, je ne peux que prôner la solidarité, l'entraide et l'échange. Vous trouverez des cercles de parole, des associations et des réseaux, par métier, par secteur, par communauté... À titre d'exemple, les réseaux féminins font beaucoup parler d'eux, qu'ils soient à l'échelle locale, nationale, voire internationale. L'idée de ces groupes est de se motiver, de trouver des solutions ensemble ou encore de mettre en commun des ressources (formations, événements, contacts...). Ils sont parfaits pour organiser une veille d'informations sur les sujets qui vous intéressent et/ou qui sont indispensables à votre quotidien.

Appuyez-vous aussi sur ces cercles professionnels pour tenter de nouvelles choses et ainsi élargir votre zone de confort : se retrouver dans des espaces de coworking, réseauter dans des cadres plus réduits, prendre la parole en public... Vous pourriez peut-être même y prendre goût, voire carrément adorer ça ! On tente ?

LES TRAVAUX PRATIQUES

Dans la semaine à venir, je vous invite à noter quotidiennement le nom d'un réseau que vous pourriez intégrer. Essayez de varier les styles : thématique, sectoriel, en ligne, par langue... Au huitième jour, choisissez l'un des organismes identifiés et prenez contact pour vous y inscrire. Il ne vous restera plus qu'à marquer la date de la première réunion dans votre agenda !

12 Adopter la ZEN ATTITUDE : mieux gérer son stress

« Nous sommes ce que nous pensons. Tout ce que nous sommes est le résultat de nos pensées. »

Bouddha

J'ai toujours été une personne très stressée : inquiète de ce que les autres vont penser de moi, de réussir mes examens, de ne pas être à la hauteur de la confiance de ma hiérarchie… Je me suis toujours soumise à l'énorme pression mentale de réussir. Et c'est là, souvent, le nœud de notre stress.

On a peur de ne pas réussir un entretien.
On a peur de ne pas plaire à quelqu'un.
On a peur d'avoir de moins bonnes performances qu'un·e collègue.

La peur engendre du stress, et le stress a très vite fait de se répercuter sur notre corps : tensions, maux de ventre, sensation de chaleur… Pourtant, la peur et le stress ne sont pas mauvais en soi. Dans son article « Stress et santé : le rôle de la personnalité », Marcel Lourel, professeur de psychologie sociale, explique que le stress peut être « une réponse de l'organisme exposé à des conditions situationnelles potentiellement nocives » ou « la conséquence d'une transaction dynamique entre l'individu et la situation ». Autrement dit, ce sont originellement des signaux envoyés par votre corps face à un danger. Ils vous préviennent. En coaching, on considère aussi le stress comme une dramatisation du futur.
On opère souvent selon le même schéma inconscient, ce qui nous mène à vivre des situations similaires sans parvenir à nous extraire de ce qui nous oppresse. Ces stress répétés peuvent rapidement se transformer en angoisses. Bonjour le cercle vicieux ! Ce sont donc ces schémas que vous allez devoir analyser. À vous ensuite de prendre la décision que vous jugez adaptée pour ne plus reproduire cette situation.

IDENTIFIER LE HIC

Tout le monde ne réagit pas de la même façon face à une situation donnée. Une échéance courte, par exemple, mettra la pression à une personne qui a besoin de maîtriser ses sujets et de peaufiner son travail. Une autre y verra un défi à relever.

Pour déterminer la source de votre stress, la première étape est de déculpabiliser : c'est OK de ressentir du stress. Vous n'êtes pas plus faible ou moins capable que les autres. Votre stress est le signal que quelque chose dans le fonctionnement de votre travail ne vous convient pas. Est-ce votre relation avec vos collègues ? Votre hiérarchie ? Est-ce l'ambiance dans l'entreprise, les valeurs qu'elle porte (ou non) ? Est-ce le manque de missions ? L'impression de perdre votre temps ? Le travail en solo ou, au contraire, en équipe ? Est-ce votre environnement de travail qui vous pose un problème : le bruit, la vétusté, le manque de moyens ? Est-ce le contexte économique dans votre secteur qui vous pèse ? Votre difficulté à trouver un emploi ou à en changer ? Votre niveau de salaire ?

Plusieurs éléments peuvent expliquer votre niveau de stress. L'idée est de les nommer et de les catégoriser pour mieux comprendre leur cause et ainsi pouvoir agir. On identifie sept facteurs de stress.

1

La perte : processus de deuil, lié au changement.

2

Les buts poursuivis et les valeurs : incohérence, contradiction entre ce que défend votre entreprise, par exemple, et vos propres valeurs. Revenez à votre propre roue des valeurs (page 49) pour voir où ça coince.

3

Les relations tendues et difficiles avec d'autres personnes : vos collègues, votre hiérarchie, la personne qui partage votre vie, vos enfants...

4

La solitude : vous n'avez pas l'impression d'appartenir à un groupe ni d'avoir la reconnaissance que vous méritez. Si c'est votre cas, n'hésitez pas à retourner au chapitre sur les besoins (page 8).

5

Les petites contrariétés du quotidien.

6

L'environnement : le bruit, l'absence de nature ou encore les odeurs. Ce qui touche à nos sens influence notre niveau de productivité et notre motivation. Que pouvez-vous faire pour améliorer votre environnement de travail et gagner en sérénité ? Cela peut simplement consister à apporter une petite plante au bureau ; explorez toutes les pistes.

7

L'accélération du rythme de vie.

Prenez le temps de poser des mots sur ce qui produit du stress en vous. C'est un véritable travail d'introspection, pas besoin de vous précipiter pour le mener à bien. C'est encore plus important que le plan d'action que vous mettrez ensuite en place. Vous pouvez revenir sur le chapitre consacré aux peurs (page 27) pour vous aider à prendre conscience de celles-ci et des schémas qui se jouent dans votre tête. Sacré cerveau, jamais le dernier pour vous jouer un mauvais tour !

CULTIVER L'INSTANT PRÉSENT

Lorsque j'ai demandé à ma communauté Instagram comment elle gérait son stress, une réponse a attiré mon attention : « Tout dépend de l'enjeu et de la raison de ce stress. » Cette réponse sous-entend qu'il y a une catégorisation des causes du stress. Comme s'il y avait un stress minou gentil et un stress gros matou pas content. Cette distinction est intéressante parce qu'elle relève, à mon sens, du « bon » et du « mauvais » stress. Et cela signifie qu'il vous est possible d'établir vous-même un barème en fonction de votre propre sensibilité. D'où l'intérêt d'identifier les schémas les plus nocifs pour vous.

Pour ma part, j'ai commencé à pratiquer le yoga et la méditation il y a plusieurs années. Progressivement, le yoga m'a réconciliée avec mon corps, en me permettant de comprendre d'où venaient certaines douleurs, de saisir l'importance de la respiration, et surtout, celle de l'ancrage dans l'ici et maintenant pour ne pas ruminer le passé – « Mais pourquoi est-ce que j'ai dit ça quand mon boss passait ?! » – ni angoisser pour le futur – « Si je quitte mon boulot, je n'arriverai jamais à m'en sortir ! ».

L'idée est donc de pouvoir vous recentrer sur le présent et ainsi rediriger votre énergie sur ce que vous êtes en train de faire. Au bureau, vous vous concentrez sur vos dossiers, vos collègues, votre clientèle. En dehors, votre vie personnelle, vos passions et ce qui vous anime prime. Un temps pour chaque chose.

CRÉER SA PROPRE ROUTINE ANTISTRESS

Toujours dans l'optique d'échanger avec ma communauté Instagram autour du stress, je lui ai demandé ses *tips* pour le calmer. Je vous partage donc ici le fruit de mon expérience et les retours de ces personnes, que je remercie !

Je vous parlais plus haut de la pratique de la méditation et des exercices de respiration, qui sont bien utiles lorsque le stress pointe le bout de son nez. Certaines personnes font aussi appel à la sophrologie, à l'hypnose, à la programmation neuro-linguistique (PNL) ou font des balades en forêt. Vous pouvez aussi vous essayer à l'ASMR (*autonomous sensory meridian response*) en écoutant des playlists à base de sons naturels (oiseaux, cascades...). J'ai d'ailleurs écrit une bonne partie de ce livre en écoutant la playlist « Nature Sounds » sur Spotify – j'ai un faible pour les sons d'orage, ce qui est complètement contradictoire avec ma peur de ce phénomène météo.
Certains lieux vous feront davantage de bien que d'autres. Je vous invite à identifier vos endroits ressources : le village de vos grands-parents, un lieu à la montagne ou en bord de mer... Si vous ne pouvez pas y être physiquement, aidez-vous de l'ancrage dont je vous explique la pratique page 75 et de la visualisation pour y revenir au moins dans votre tête. Vous verrez, vous vous sentirez déjà un peu mieux.

Les différents chapitres de ce livre vous aident aussi à mieux vous connaître et vous comprendre, à mettre des mots sur vos limites et vos besoins : tous ces exercices sont là pour vous aider à faire baisser votre niveau de stress. Usez et abusez de ces outils ! Vous avez désormais tous les éléments entre les mains pour créer votre propre kit antistress en cas de petit ou de grand moment de panique.

LES TRAVAUX PRATIQUES

L'ancrage est un outil issu de la programmation neuro-linguistique (PNL). Pour faire court, la PNL regroupe un ensemble de méthodes ayant pour objectif de favoriser le développement personnel. L'ancrage est une technique de visualisation et de fixation d'émotions positives par la convocation d'un souvenir agréable, de manière à pouvoir rappeler ce bien-être dès que nécessaire. Que vous pratiquiez l'ancrage une minute ou une heure, chez vous ou durant la pause-déjeuner, il vous aidera à gérer des situations de stress, à visualiser une issue favorable à un problème. Retrouvez un exercice d'ancrage en 5 étapes page 75.

13

Asseoir et développer sa LÉGITIMITÉ

« L'obéissance à un homme dont l'autorité n'est pas illuminée de légitimité, c'est un cauchemar. »

Simone Weil

Vous arrivez au terme de cette aventure. J'écris « aventure », car je sais combien le voyage vers davantage d'affirmation de soi au travail, et dans sa vie de manière générale, peut ébranler et faire douter, surtout quand on a du mal à se sentir légitime. Je voudrais donc d'abord vous féliciter pour le chemin parcouru. Prenez le temps de le célébrer. Les petits pas comptent autant que les grandes avancées ! Se donner du mal sans jamais en savourer les fruits, ce serait quand même bien dommage.

L'écriture de ce livre a été pour moi comme un programme de coaching dont j'ai déroulé le fil sans avoir personne en face pour me faire rebondir et me donner à voir d'autres pistes à explorer. Mais je peux déjà anticiper une question que vous allez vous poser, car toutes les personnes que j'accompagne finissent par me la poser : et maintenant ? Comment rester au top au quotidien ? Quelles actions mettre en place pour continuer à s'affirmer au travail, assumer sa personnalité et garder le moral au beau fixe ? Bref, comment passer à l'auto-coaching ?

DIRE NON À LA COURSE AU SUCCÈS

Vous avez désormais de nombreux atouts entre les mains. Laissez-vous d'abord le temps d'assimiler les outils, de faire mûrir vos idées et les réponses aux questions posées au fil du livre. L'introspection appartient au temps long, une temporalité dont vous n'avez peut-être plus l'habitude, mais avec laquelle vous avez besoin de renouer pour prendre la place qui est la vôtre. S'affirmer dans ses activités professionnelles, rayonner et incarner sa puissance, sa force intérieure, requiert de répondre à l'une des toutes premières questions de cet ouvrage : qu'est-ce que la réussite pour vous ? Sur quels critères pourrez-vous dire que vous vous affirmez, que vous assumez pleinement qui vous êtes et ce que vous pouvez apporter aux autres ?

Pour continuer à développer votre estime personnelle, je vous invite aussi à renoncer à la course au succès. Comme l'explique le psychologue Vincent Trybou, quel que soit le domaine concerné, mieux vaut se concentrer sur l'appréciation des choses plutôt que de chercher en permanence la réussite à tout prix. Focalisez-vous sur la gratitude que vous éprouvez pour ce que vous avez déjà, pour la route sur laquelle vous cheminez, pour ce qui vous est arrivé de mieux dans votre carrière et dans votre vie de manière générale. Laissez-vous porter et profitez intensément des expériences qui s'offrent à vous.

AVOIR SON POURQUOI EN BANDOULIÈRE

Savoir pourquoi vous faites ce que vous faites, interroger vos objectifs de vie et les rêves que vous voulez atteindre : voilà d'excellentes façons de savoir comment orienter vos actions et vos choix. Votre pourquoi est votre boussole, elle vous indiquera quand vous exprimer, quand dire non, quand passer à l'action.

Par ailleurs, vous connaissez cette petite voix qui vous dit : « Je te préviens, ce truc-là nous mène droit dans le mur ! » Puis qui ajoute « tu vois, je te l'avais bien dit ! » quand on ne l'a pas écoutée... Eh bien il est temps de vous (re)brancher à elle, donc à vous-même. Personne ne pourra vous dire quoi faire ou quoi dire le moment venu. Vous seul·e avez ce superpouvoir et cette responsabilité. Mais vous pourrez toujours revenir vers ce livre et utiliser les outils que je vous propose pour continuer votre quête.

SE FIER À SES TALENTS

En dépit de toutes ces bonnes pratiques, de ces trucs et astuces et de ces nouvelles habitudes que vous allez mettre en œuvre une fois la dernière page de ce livre lue, ou que vous avez déjà mises en place, le doute continuera de se manifester. Le syndrome d'imposture tentera de sortir du placard, la confiance se fera parfois la malle. Et c'est la vie. Cela fait partie du processus. Je suis sûre toutefois que quelque chose a changé en vous depuis le début de cet ouvrage. Vous avez désormais les clés pour décoder les messages que votre intuition ou votre mental vous envoient et les outils pour transformer votre vie professionnelle en passant à l'action de manière ciblée et concrète.

L'un d'eux est une liste que je préconise très souvent de faire en coaching. Elle paraît évidente à dresser, mais il n'en est rien, ce qui la rend encore plus puissante. Il s'agit de la liste des talents que j'ai évoquée dans le premier chapitre (page 7). Ces compétences techniques, ces savoir-être, ces expériences que vous pouvez mobiliser dans votre quotidien professionnel et qui font de vous une personne efficace et compétente, ce ne sont pas simplement les aptitudes que vous avez acquises durant vos études ou dans votre travail, ce sont aussi toutes ces choses que vous aimez faire et pour lesquelles vous êtes doué·e. Ne vous censurez pas au moment d'établir votre liste des talents et lâchez-vous sur la mise en page : il s'agira ensuite de l'accrocher quelque part où vous pourrez la lire régulièrement, notamment en cas de coup de mou.

N'ÉCOUTEZ PAS LES AUTRES

Un jour, une bande de grenouilles décide d'organiser une course. Le but ? Être la première à arriver en haut de la très grande tour de leur quartier ! Toutes les grenouilles du village se donnent donc rendez-vous en bas de la tour. Une fois le signal donné, les candidates commencent à grimper, pleines de motivation et de courage. Si la bienveillance était de mise au départ, les autres villageoises se révèlent rapidement désagréables : « Vous n'y arriverez jamais ! » « Vous êtes lentes ! » Certaines concurrentes perdent alors leur motivation et abandonnent la course. D'autres se sentent soudain fatiguées et renoncent à leur tour. Mais les critiques ne cessent pas pour autant : « Mais pour qui se prennent-elles ? Elles ne vont jamais y arriver, les grenouilles ne sont pas faites pour escalader ! » Les participantes abandonnent les unes après les autres. Sauf une. Elle grimpe lentement mais sûrement. Inlassable, elle ne prête pas attention aux commentaires des autres grenouilles restées en bas : « Descends, tu n'y arriveras jamais ! » « Tu es ridicule, arrête ça ! »

Et vous savez quoi ? Elle y est arrivée. L'ultime grenouille parvient au sommet. Les autres n'en croient pas leurs yeux ! Alors, elles lui demandent son secret. Pas de réponse : la grenouille championne est sourde.

J'ai découvert cette histoire quelques jours avant de rendre le manuscrit. Et je l'ai trouvée très juste pour conclure ce chapitre. Fermez vos oreilles aux remarques non constructives et tracez votre route !

DÉBRANCHEZ-VOUS (DU BUREAU)

Le travail ne fait pas tout. Vous affirmer uniquement dans la sphère professionnelle revient à (re)mettre un masque dans d'autres domaines de votre vie. Le travail n'est qu'un prétexte. C'est une porte d'entrée pour enfin affirmer la personne que vous êtes. Place maintenant au reste ! Vous méritez des relations épanouies avec vos proches, vous méritez d'exceller dans le sport ou le loisir que vous préférez, vous méritez d'accomplir vos rêves, des plus petits aux plus fous. Vous commencez quand ?

Je vous souhaite un magnifique et puissant voyage !

LES TRAVAUX PRATIQUES

Commencez par lister vos talents et vos compétences, de manière objective, page 77. Puis faites le test de la confiance page 79.

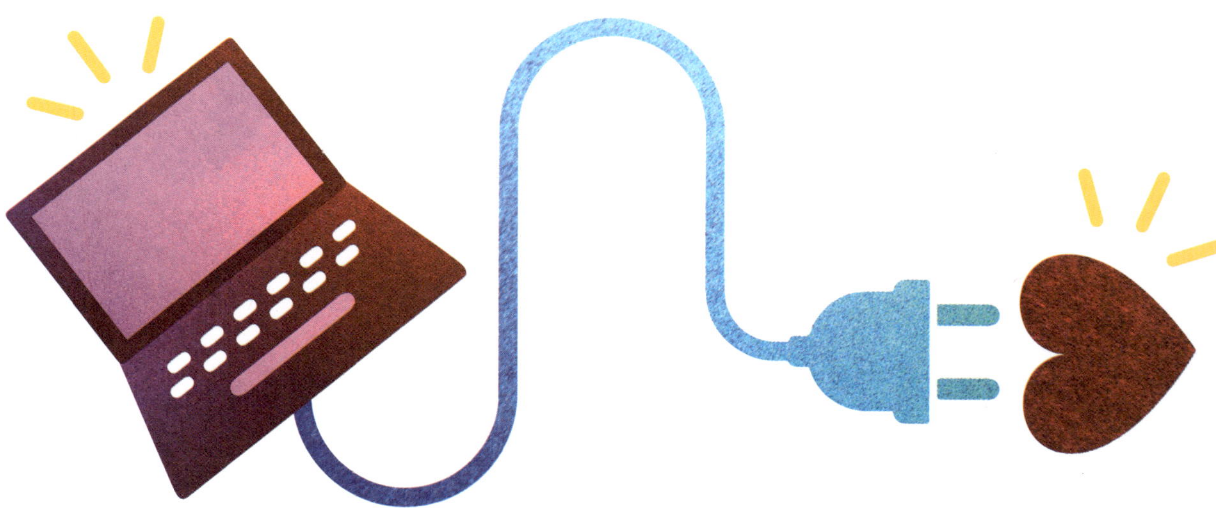

CONCLUSION

« Faites ce qui vous convient, car il y aura toujours quelqu'un qui pensera autrement. »

Michelle Obama

Sur la route de votre affirmation personnelle, vous ne plairez pas à tout le monde. Tant mieux. Tout le monde ne vous plaît pas non plus et ce n'est pas pour autant que vous leur jetez des tomates au visage ! Michelle Obama l'exprime très bien dans la phrase citée en exergue : il y aura toujours une personne pour vous dire que vous devriez faire différemment, que vous vous trompez, que vous n'êtes pas sur la bonne voie. Vous savez désormais qu'il ne s'agit ni d'être aveugle à votre environnement ni de rejeter en bloc la pensée d'autrui. Mais dans votre cheminement vers votre affirmation au travail, il vous faudra parfois faire la sourde oreille et vous rappeler ce qui vous pousse à opérer certains choix.

C'est de votre vie et de votre carrière dont il est question. Vous méritez d'en définir les règles non par contrainte, mais par conviction de ce qui va vous faire grandir. Il n'y a pas de recette miracle ni de meilleure façon de faire : tout le monde aurait déjà atteint l'épanouissement maximal au travail si tel était le cas ! Mais vous savez maintenant qu'avec de bons outils et de nouvelles manières de vous poser des questions, vous pouvez agir différemment et prendre en main votre vie professionnelle, quelle que soit la tournure que vous souhaitez lui donner. Une personne éduquée comme femme peut aussi être une personne ambitieuse, sûre d'elle, légitime et affirmée !

Car le minimum que l'on vous doive est le respect et la reconnaissance. Vous avez le droit de vous sentir en sécurité et intégré·e. Pour arriver à vos objectifs professionnels, vous pouvez tout autant aller à la vitesse de la lumière que voyager paisiblement. En vous affirmant, vous rayonnerez dans toutes les sphères de votre vie et vous diffuserez aussi ce message aux autres. Vous leur ouvrirez la voie, à votre échelle.

Ce livre est un concentré d'outils, un échantillon de ce que l'on fait lors d'un processus de coaching. Il a pour vocation d'ouvrir des brèches, de vous montrer d'autres chemins, de vous faire défoncer des murs ! Ce n'est que le début de l'aventure. Mais je vous sais maintenant en possession des éléments pour la suite de votre quête. Je vous souhaite un merveilleux voyage à la rencontre de vous-même. Vous êtes aux commandes de votre vaisseau.

LES LIVRES
POUR ALLER PLUS LOIN

- Marshall B. Rosenberg, *Les Mots sont des fenêtres (ou bien ce sont des murs)*, La Découverte, 2016.

- Bruno Askenazi, « Le pitch façon TED : les secrets des "beaux parleurs" », Les Échos entrepreneurs, 25 avril 2017 (business.lesechos.fr).

- Simon Sinek, *How great leaders inspire action*, vidéo TEDx (en anglais), septembre 2009 (ted.com/talks).

- Arnaud d'Argembeau, « La pensée future épisodique : entre simulation et contexte autobiographique », *Revue de neuropsychologie*, vol. 8, 2016 (cairn.info).

- Wendy Suzuki, *Bouge ton cerveau*, Marabout, 2016.

- Louise Aubery, Vincent Trybou, « Devenez votre propre psy », podcast *InPower*, 2 novembre 2021 (podcast.ausha.co).

- Don Miguel Ruiz, *Les Quatre Accords toltèques : la voie de la liberté personnelle*, Jouvence, 2016.

- Chine Lanzmann, *Guide de l'auto-coaching pour les femmes*, Pearson, 2020.

- Marcel Lourel, « Stress et santé : le rôle de la personnalité. Présentation de quelques outils d'évaluation de la personnalité », *Recherche en soins infirmiers*, n° 85, 2006 (cairn.info).

L'AUTRICE

Petite, je m'imaginais à la fois Indiana Jones et Lara Croft. Je me voyais archéologue, justicière, écrivaine et journaliste. Après une première vie professionnelle en tant que journaliste dans le tourisme et la culture, j'ai fondé PAWA Coaching, mon agence de coaching en empowerment féminin. J'accompagne désormais les femmes qui veulent trouver leur place et exprimer tout leur potentiel dans leur vie professionnelle. Je coache aussi les personnes en reconversion professionnelle et en création d'entreprise.

Vous pouvez me suivre et suivre PAWA Coaching sur Instagram :
@manon_gayet
@pawa_coaching
https://pawacoaching.com

Merci à...

Mes coaché·es qui m'ont inspiré ce livre et qui m'inspirent au quotidien. Mes *role models* d'ici et d'ailleurs, actrices, autrices, activistes, cheffes d'entreprise et journalistes. Toutes les femmes de ma vie qui m'encouragent à prendre ma place et à être puissante à ma manière.

L'ILLUSTRATRICE

Graphiste dans l'édition depuis 2012, Mélie Giusiano a débuté aux éditions Autrement et travaille depuis à son compte pour la presse, l'édition, l'édition jeunesse et les musées. Parallèlement au graphisme, elle développe aujourd'hui une activité d'illustratrice. Ses dessins mêlent formes vectorielles et textures imprimées en risographie.

DANS LA MÊME COLLECTION

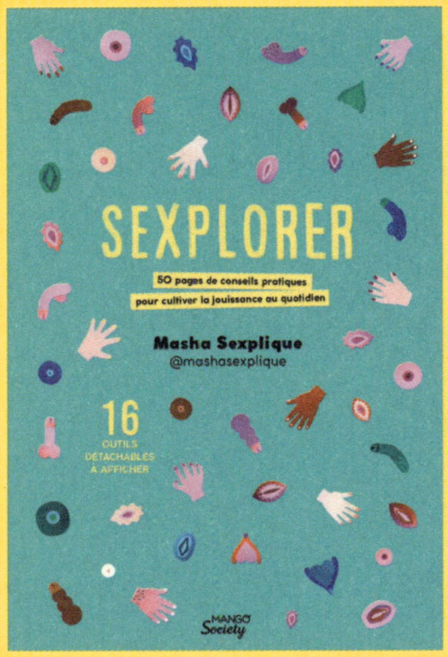

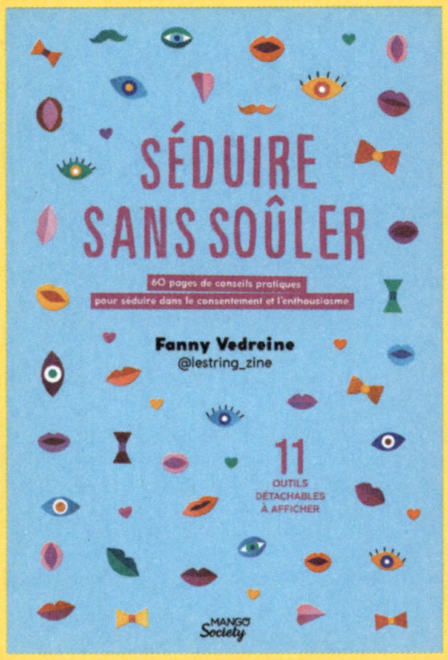

Les pages suivantes sont prédécoupées à 1 cm de la reliure et peuvent ainsi être détachées pour faciliter le découpage de chaque outil.

Illustrations : Mélie Giusiano

Direction : Guillaume Pô
Direction éditoriale : Tatiana Delesalle
Édition : Juliette Magro
Préparation de copie : Marie-Maud Atig
Relecture sur épreuves : Laure Bourgeaux
Direction artistique : Chloé Eve
Création graphique et mise en pages : Mélie Giusiano
Direction de fabrication : Thierry Dubus
Fabrication : Florence Bellot

www.mangoeditions.com
Dépôt légal : août 2022

1re édition
N° d'édition : M22140
ISBN : 978-2-3170-2880-9
Code MDS : MN28809
Achevé d'imprimer en juillet 2022 par Edelvives en Espagne

Certifié PEFC
Ce produit est issu de forêts gérées durablement et de sources contrôlées
PEFC
PEFC/14-38-00260
www.pefc-france.org

Ce livre s'inscrit dans une démarche écoresponsable. Il est composé de matériaux issus de forêts bien gérées, certifiées PEFC™ et d'autres sources contrôlées. Cette certification garantit une empreinte carbone réduite et une gestion raisonnée de la forêt, qui maintient la biodiversité et protège les écosystèmes. Il est imprimé avec des encres à base d'huile végétale. Il a été imaginé et conçu en France et imprimé en Europe.

1 LA ROUE DES VALEURS

LA ROUE DES VALEURS

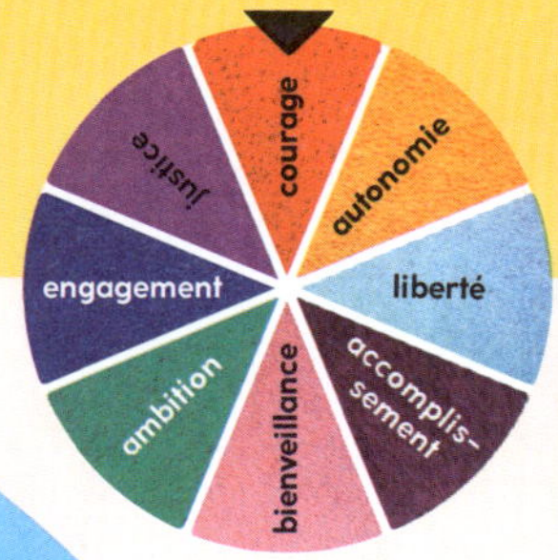

1 Répondez aux questions suivantes : que cherchez-vous à défendre auprès d'autres personnes ? Qu'est-ce qui vous agace, voire vous met en colère ? Qu'avez-vous envie de transmettre aux générations futures ? Voici l'exemple que je donne en permanence aux personnes que j'accompagne : tout le monde sait que, lorsqu'une conversation familiale s'oriente sur le sujet de la place des femmes, je rebondis dessus. C'est d'ailleurs devenu un *running gag* !

2 Choisissez un mot qui résume chacune de ces phrases : une valeur s'exprime avec un nom. Cela peut être : liberté, justice, authenticité... Sur ma roue, vous trouverez par exemple « autonomie » et « bienveillance », deux notions qui me sont chères. Nous avons généralement entre 8 et 12 valeurs (ce n'est pas une science exacte).

3 Placez vos valeurs sur la roue : tracez autant de parts de camembert que vous avez de valeurs. À chaque extrémité, hors du cercle, indiquez le nom d'une valeur.

4 Cotez vos valeurs : pour savoir si vous respectez vos valeurs (ou non), vous pouvez leur donner une cotation. Autrement dit, pour chaque valeur, estimez de 0 à 10 (0 étant pas du tout et 10, le maximum) à quel point vous la nourrissez en ce moment. Refaites l'exercice régulièrement pour prendre le pouls de vos valeurs !

1

LA ROUE DES VALEURS

2 LA PYRAMIDE DE MASLOW

QUEL EST LE BESOIN AUQUEL VOUS ASPIREZ ?

QUELS SONT VOS BESOINS À CHAQUE NIVEAU ?

VOS BASES SONT-ELLES SOLIDES ?

2

LA PYRAMIDE DE MASLOW

2 LE *VISION BOARD*

2

LE *VISION BOARD*

3 LES 9 CRITÈRES INCONTOURNABLES

Pour évaluer la pertinence d'un objectif, vous aurez besoin de repères afin de vous assurer qu'il est bon pour vous et à la hauteur de vos ambitions. Pour ce faire, je vous suggère de vérifier que celui-ci répond aux 9 critères suivants.

Personnel : l'atteinte de votre objectif dépend-elle uniquement de vos efforts (et de personne d'autre) ?

Simple : est-il énoncé simplement ? Faites la chasse aux phrases alambiquées !

Réaliste : est-il techniquement réalisable ?

Ambitieux : l'objectif fixé relève-t-il du challenge ?

Mesurable : quelle preuve concrète pourrez-vous apporter pour valider sa réalisation future ?

Écologique : cet objectif vous respecte-t-il en tant que personne ainsi que votre entourage ? Est-il en accord avec vos valeurs ?

Daté : avez-vous une date de réalisation de cet objectif ?

Écrit : l'avez-vous noté quelque part ?

Contractuel : engagez-vous avec vous-même en établissant un véritable contrat signé !

À mon sens, l'aspect écologique est le plus important : le bon objectif est avant tout celui qui vous respecte, respecte vos valeurs et votre entourage. Si vous vous rendez compte que votre objectif ne répond pas aux 9 critères, pas de panique ! C'est que votre formulation peut être encore précisée. Pour vous aider, identifiez des objectifs intermédiaires afin d'atteindre ce but plus général. Choisissez celui qui vous tente le plus et passez-le au tamis des critères. Ces critères offrent un avantage certain : vous pouvez les appliquer à tous vos objectifs de vie, même en dehors du travail.

3

LES 9 CRITÈRES INCONTOURNABLES

3 LE RENDEZ-VOUS AVEC VOUS-MÊME

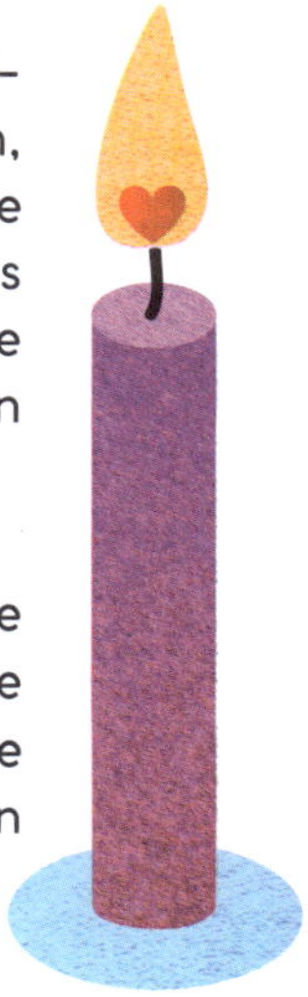

Dans nos vies à cent à l'heure, on oublie souvent de faire le point avec soi-même. Et pourtant, prendre ce temps pour soi, en solo et sans interruption, est essentiel : il vous permet de garder le cap et de surmonter les moments de doute. Le rendez-vous avec vous-même est un créneau non négociable dans votre agenda pour faire le point chaque semaine. Vous prenez conscience de vos accomplissements et victoires du moment, vous savourez le chemin parcouru et vous faites le point sur les actions mises en place (ou non).

Pour faire de ce rendez-vous un rituel agréable, je vous invite à définir votre propre routine. Choisissez un endroit apaisant et calme, faites brûler une bougie parfumée, prenez votre plus beau carnet et un joli stylo, mettez votre téléphone en mode avion, écoutez votre playlist préférée… Ce moment, loin d'être une corvée, deviendra indispensable pour votre bien-être !

Quelques exemples d'éléments pour nourrir votre rendez-vous avec vous-même

Les *big rocks* : ce sont les 3 tâches prioritaires en lien avec votre objectif à mener dans la semaine à venir. Définissez-les à chaque rendez-vous avec vous-même pour savoir précisément quoi faire et mesurer votre progression.

BR1 ……………………………………

BR2 ……………………………………

BR3 ……………………………………

Les accomplissements : qu'avez-vous réalisé cette semaine pour atteindre votre objectif ? Célébrez ces réalisations à votre manière !

……………………………………

……………………………………

……………………………………

Les gratitudes : pour quoi éprouvez-vous de la gratitude ? Qu'est-ce qui vous a fait plaisir cette semaine ?

……………………………………

……………………………………

……………………………………

3

LE RENDEZ-VOUS AVEC VOUS-MÊME

4 LES 4 PILIERS DE LA COMMUNICATION NON VIOLENTE

La deuxième étape suppose de mettre un mot précis sur son ressenti.
Ce n'est pas toujours simple ! Voici donc un lexique (non exhaustif) pour vous aider.

QUAND VOS BESOINS SONT SATISFAITS, VOUS POUVEZ VOUS SENTIR :

décontracté·e, étonné·e, éveillé·e, exalté·e, apaisé·e, aux anges, ému·e, inspiré·e, joyeuse ou joyeux, libre, content·e, confiant·e, comblé·e, calme, en sécurité, enchanté·e, paisible, passionné·e, sûr·e de vous, plein·e d'amour, plein·e de gratitude...

QUAND VOS BESOINS NE SONT PAS SATISFAITS, VOUS POUVEZ VOUS SENTIR :

à bout, alarmé·e, abasourdi·e, accablé·e, abattu·e, angoissé·e, anxieuse ou anxieux, agacé·e, choqué·e, chagriné·e, contrarié·e, frustré·e, découragé·e, déçu·e, honteuse ou honteux, démoralisé·e, désorienté·e, résigné·e, jalouse ou jaloux, lourd·e, en colère, mal à l'aise...

À vous d'y ajouter les adjectifs qui vous parlent !

Vous pouvez retrouver une liste plus exhaustive dans le livre de Marshall B. Rosenberg, *Les Mots sont des fenêtres (ou bien ce sont des murs).*

4

LES 4 PILIERS DE LA COMMUNICATION NON VIOLENTE

5 LE *STORYTELLING*

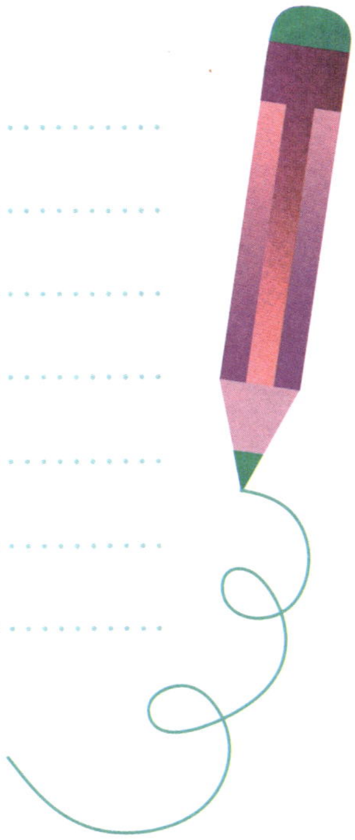

Quels sont les temps forts de votre carrière ?

Avez-vous tiré des leçons de difficultés ou de retournements de situation ?

Pour quoi éprouvez-vous de la fierté ?

5

LE STORYTELLING

6 LA CITATION INSPIRANTE

OSER DIRE,
non
À L'AUTRE
c'est oser dire
oui
À SOI-MÊME.

Jacques Salomé

Exercice :

À la lecture de cette citation, y a-t-il des situations qui vous reviennent en tête et où vous auriez aimé dire non ?

....

....

....

....

....

....

....

....

Pourquoi ne l'avez-vous pas fait ?

....

....

....

....

....

....

....

....

Quelles ont été les conséquences ?

....

....

....

....

....

....

....

....

À quelles situations professionnelles direz-vous non à l'avenir ?

....

....

....

....

....

....

....

....

6

LA CITATION INSPIRANTE

7 LA LISTE DES SUCCÈS

MES CHIFFRES CLÉS	MES FIERTÉS
EXEMPLES : - 3 personnes managées cette année - 4 recrutements réussis - 3 séminaires organisés	**EXEMPLES :** - Avoir accompagné une salariée junior qui a fait une très belle prise de poste. - Avoir reçu les compliments de mon N+2 sur une présentation commerciale importante. - Avoir réussi à créer une meilleure cohésion d'équipe et sentir que tout le monde a trouvé sa place.

Maintenant, faites le bilan : quels sont les 3 succès que vous pouvez mettre dans la balance pour que votre demande soit approuvée ?

1 ....

....

....

2 ....

....

....

3 ....

....

....

7

LA LISTE DES SUCCÈS

8 LA BOUCLE AUTOVALIDANTE

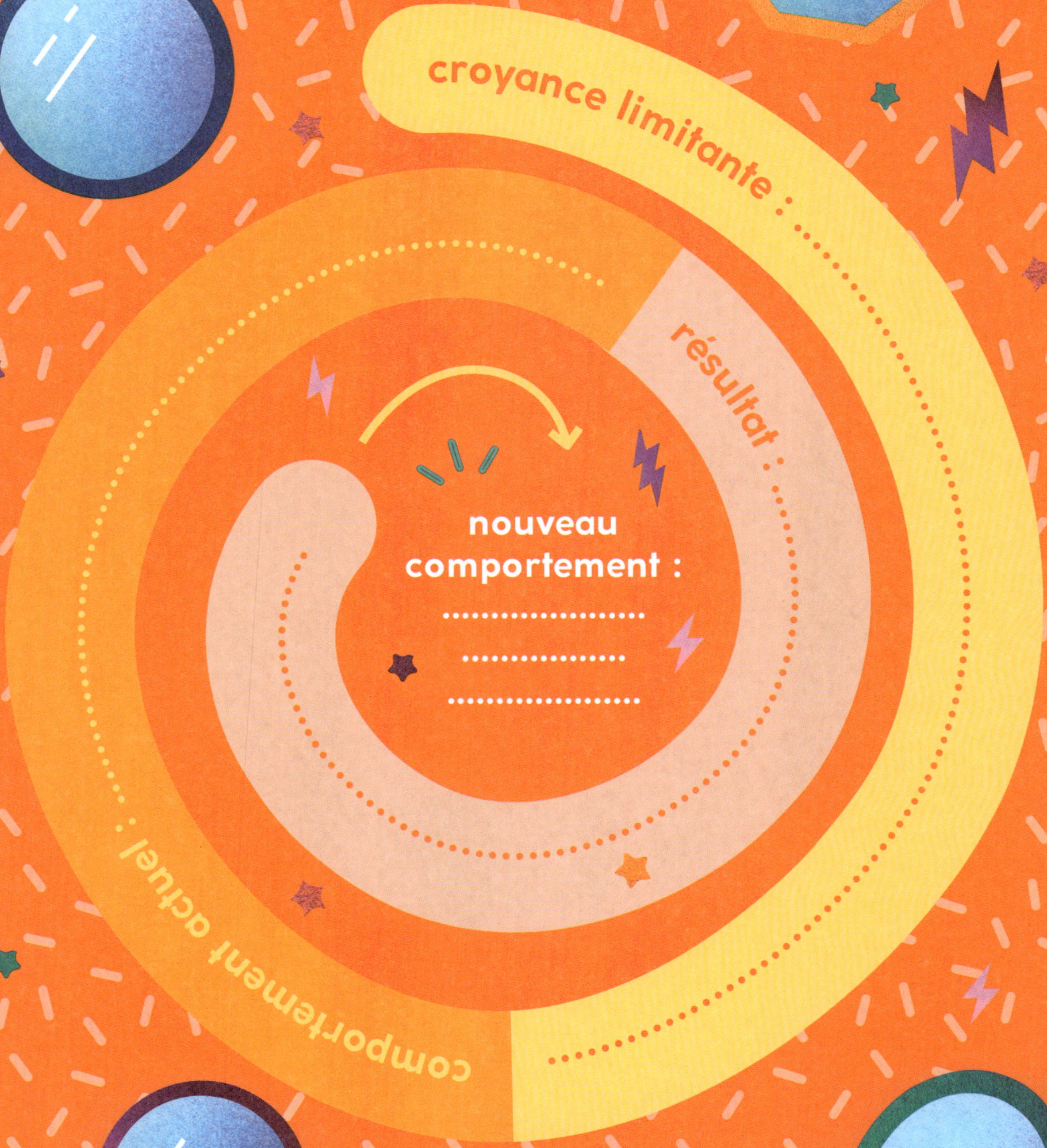

8

LA BOUCLE AUTOVALIDANTE

9 LES 4 ACCORDS TOLTÈQUES (+ 1)

1. Que votre parole soit impeccable.

Don Miguel Ruiz prône l'intégrité et le fait de ne dire que ce que vous pensez vraiment. Le silence est d'or, la parole aussi ! Pour inspirer la même bienveillance aux autres, ne tombez pas dans les mêmes travers et ne critiquez pas à tout-va. Les mots peuvent blesser : ne retournez cette arme ni contre vous ni contre les autres.

2. Quoi qu'il arrive, n'en faites pas une affaire personnelle.

C'est probablement le plus difficile à mettre en œuvre. Ce principe vous rappelle la responsabilité qui vous incombe dans la façon de percevoir ce que les autres font, pensent et disent. Leurs faits et gestes reflètent souvent l'état de leur conscience, de leur mental ou de leurs schémas. La jalousie d'un·e collègue ou la malveillance d'un·e concurrent·e n'est pas de votre fait, elle leur appartient. Ce n'est pas vous qui causez les actes d'autrui, ni leurs sentiments. Inspirez et passez votre chemin.

3. Ne faites pas de suppositions.

Ah, le fameux scénario catastrophe façon Spielberg, vous le voyez venir ? Ils sont bien serrés les nœuds que vous vous faites au cerveau en vous appuyant… sur rien du tout. Ou plutôt sur des hypothèses catastrophiques, délirantes, ou mieux, très négatives. À force, elles risquent de devenir vos certitudes. Interrogez-vous et questionnez les autres. Vous dissiperez probablement les malentendus et vous vous autoriserez à exprimer vos ressentis. La communication, c'est la clé.

4. Faites toujours de votre mieux.

La réussite est personnelle. La seule obligation que vous avez, le seul contrat à passer avec vous-même, est de toujours faire de votre mieux. Et ce « mieux » évoluera dans le temps. Vous avez le droit d'essayer, d'échouer, de changer d'avis. Dans tous les cas, faites de votre mieux et cultivez l'indulgence et la bienveillance envers vous-même.

Don Miguel Ruiz a continué de cheminer et, au début des années 2010, il a écrit un cinquième principe avec son fils.

5. Soyez sceptique, mais apprenez à écouter.

Le doute rend notre existence concrète. C'est peu ou prou le message que Descartes voulait nous faire passer avec son fameux « *Cogito ergo sum* ». Je pense, je doute, je réfléchis, donc je suis. Douter ne signifie pas tout remettre en question, mais plutôt interroger l'intuition que vous avez derrière certains mots et certains gestes, pour mieux en comprendre le véritable message.

9

LES 4 ACCORDS TOLTÈQUES (+1)

10 LE SCÉNARIO CATASTROPHE

Le changement qui me fait peur :

La pire situation qui puisse m'arriver :

Les ressources que je peux mobiliser pour éviter la pire situation qui puisse m'arriver :

10

LE SCÉNARIO CATASTROPHE

10 LE RAPPORT À L'AUTORITÉ

Répondez à la question suivante :

Quelle personne de votre enfance ou de votre sphère personnelle projetez-vous sur votre manager actuel·le ?

Si vous peinez à répondre, écrivez tous les traits de caractère de votre manager qui vous font râler ou peur, et cherchez à qui cela vous fait penser. Il est temps de bannir tonton Roger de votre esprit et de bien distinguer les deux !

10

LE RAPPORT À L'AUTORITÉ

12 L'ANCRAGE

1 Installez-vous confortablement dans un endroit où vous vous sentez en sécurité et veillez à ce que rien ne vienne vous déranger. Fermez les yeux et respirez calmement. Concentrez-vous sur le poids de votre corps et le rythme de votre respiration.

2 Remémorez-vous un souvenir joyeux et paisible. Pas besoin qu'il soit compliqué, que ce soit une grande occasion. Juste un souvenir qui vous donne le sourire et du baume au cœur à coup sûr. Visualisez la scène. Mobilisez vos cinq sens pour stimuler votre mémoire et vous immerger dans cette scène : le rire de proches, les parfums, les bruits...

3 Imprégnez-vous de ce que vous ressentez : de la joie, de la douceur, de la sérénité, du bien-être... Trouvez le juste mot pour vous.

4 Imaginez que toute cette positivité se matérialise sous la forme d'une boule d'énergie qui se loge dans un endroit de votre corps : votre cœur, votre paume de main, votre ventre... Choisissez spontanément celui qui vous semble le plus adapté et concentrez-vous sur la zone choisie.

5 Vous observez peut-être que votre corps se détend, que votre esprit s'apaise. Choisissez maintenant un geste qui vous permet d'ancrer cette boule d'énergie que vous ressentez et visualisez. Cela peut être de fermer le poing contre la zone identifiée, par exemple. À l'avenir, en cas de stress ou de crise d'angoisse, vous pourrez répéter ce geste et vous replonger dans cet état d'apaisement.

12

L'ANCRAGE

13 LA LISTE DES TALENTS

Notez TOUTES vos compétences (techniques, savoir-être...). Écrivez-en au moins 30. Si vous avez un peu de mal à compléter votre liste, demandez-vous pourquoi on vous félicite d'habitude, quelles sont les qualités que vos collègues mettent en avant ou sur quels sujets on vous demande conseil ou de l'aide. Et ne trichez pas, écrivez-en réellement 30 !

1 ....
2 ....
3 ....
4 ....
5 ....
6 ....
7 ....
8 ....
9 ....
10 ....
11 ....
12 ....
13 ....
14 ....
15 ....
16 ....
17 ....
18 ....
19 ....
20 ....
21 ....
22 ....
23 ....
24 ....
25 ....
26 ....
27 ....
28 ....
29 ....
30 ....

13

LA LISTE DES TALENTS

13 LE TEST DE LA CONFIANCE

Non, il ne s'agit pas d'éprouver sa confiance envers autrui en se laissant tomber de dos dans ses bras. Vous allez évaluer votre niveau de confiance en fonction de différentes situations et mettre l'accent sur celles où ce sentiment est bel et bien là. Cela vous permettra de mieux vous comprendre et d'améliorer votre confiance dans les situations difficiles.

Dans quelles situations avez-vous confiance en vous ?

Dans quelles situations êtes-vous déstabilisé·e, effacé·e ou encore gêné·e ?

13

LE TEST DE LA CONFIANCE